진리 갤러리

이수정 에세이

진리 갤러리

Harvard Edition

철학과 현실사

차례

제1부 소리의 온도

소리의 온도 **13**

더하기와 빼기 — 혹은 감사의 철학 **17**

복과 행복 **21**

잊고 싶지 않은 것들 **25**

인연 **29**

어느 파티에서 **33**

향기의 철학 **37**

하늘의 눈물 **41**

오로라를 꿈꾸며 **45**

영향의 이모저모 **49**

계절, 그리고 망각이라는 축복 **53**

드라마 **57**

윤리의 현장 **61**

영토 **65**

제2부 세상살이의 힘겨움

세계와 세상   **71**

악마와 싸우기   **75**

인간의 작품   **79**

"나는 싫은데요"   **83**

자연의 야누스적 두 얼굴   **87**

관상, 그 현실과 진실 사이   **91**

'그분들'의 의식주   **97**

이만하면 거의   **101**

불가항력   **105**

이런저런 죽음들   **109**

증오   **114**

채우기와 비우기   **118**

힐링   **122**

구원   **127**

제3부 하버드의 느릅나무

미국을 아세요? **133**

싸이 현상 **137**

제362회 하버드 졸업식 **141**

미국에서 꾸는 꿈 **145**

'최고'라는 것 **149**

당신은 누구십니까? **153**

고전의 꿈 **157**

"신사 숙녀 여러분!" **161**

질문 있습니다 **165**

유유상종 **169**

무대는 정직하다 **173**

"철학에는 왜 그렇게 여자가 적은 것일까?" **177**

철학이 있던 청춘의 풍경 **181**

하버드의 느릅나무 **185**

제4부 진리 노트에서

영혼의 성형   **191**

작품명 'Paris'   **195**

인품과 노력의 좌표   **199**

삶의 비극성 — 해피엔드란 없다   **203**

잠들기 전에   **209**

식탁에서   **213**

옷이 날개   **217**

들리는가, 저 바람소리   **221**

언어 클리닉   **225**

표정과 윤리의 함수관계   **229**

진리의 인기순위   **233**

불행에 대처하는 법   **237**

진리 노트에서 · 1   **243**

진리 노트에서 · 2   **247**

서문

"이런 것도 진리? 아니, 이런 것이 진리!"
삶의 진리, 세상의 진리, 손에 닿는 진리, 필요한 진리, 너와 나의 진리, 따뜻한 진리, … 그런 진리.

나는 여기, 언제나 나의 궁전에 있고
빛의 정원에서 무지개 꽃들을 돌보고 있다
문은 항상 열리어 있고
그대들이 출입은 자유롭다
진리의 과실들은 탐스럽게 익어
오직
그대들의 식탁에 오르기를 기다린다

진리의 여신은 그렇게 오늘도 누군가의 눈길, 발길, 손길을 기다린다. 하지만 그 옛날 파르메니데스처럼 숨 가쁘게 마차를 몰아 진리를 찾아가는 젊은이는 드문 것 같다. 그곳은, 무한히 먼 바로 곁이다. 여기, 1년간 틈틈이 그 정원을 드나들며 손닿는 대로 따온 과실 몇 접시를 전해드린다. 누군가는 기뻐하며 이것을 받아줄 거라 믿고 싶다.

함께 이 과실들을 맛보면서, 인생이 어떤 것인지 세상이 어떤 것인지, 아니 어떠해야 하는지 어찌해야 하는지, 그런 수정 같은 언어들을 나누고 싶다. 그런 언어로, 요상하기 짝이 없는, 숫자가 지배하는 요즘 세상에, 진리의 작은 별궁이라도 하나 세워질 수 있다면…. 미약하나마, 그 초석 하나쯤 될 수 있기를 기대한다.

　　이 글들은, 방문학자로 1년간 하버드에 체류한 기념품이기도 하다. 기회를 준 하버드대학 철학과의 숀 켈리(Sean D. Kelly) 교수에게 감사한다. 멋진 책으로 꾸며주신 철학과현실사에도 감사한다.

2013년 겨울, 보스턴에서

이 수 정

제1부 **소리의 온도**

소리의 온도
더하기와 빼기—혹은 감사의 철학
복과 행복
잊고 싶지 않은 것들
인연
어느 파티에서
향기의 철학
하늘의 눈물
오로라를 꿈꾸며
영향의 이모저모
계절, 그리고 망각이라는 축복
드라마
윤리의 현장
영토

소리의 온도

●　● 　사람이 사람을 부르는 소리의 따뜻함에서 이른바 '세상의 온기'가 자라 나간다. 그 온기가 세상의 저 냉혹함을 견디게 하고 내일을 향한 발걸음을 내딛게 한다.

"보리~밭 사~잇길로 걸~어 가면 뉘~ 부르는 소~리 이~~있어…"

바다 쪽을 향해 케임브리지 시내를 산책하다가 뜬금없이 이 노래가 생각이 났다. 그런데, 보리밭 풍경은 상관도 없이 별나게도 오늘은 '부르는 소리'라는 말이 가슴에 와 닿았다.

생각해보니 누군가가 '나'를 따뜻하게 불러주는 소리를 들은 게 언제였나 싶다. 길거리를 지나가다가 "저기요, 길 좀 묻겠는데요"라든지, 직장에서 이를테면 "교수님" 하면서 일을 위해 부르는 그런 소리 말고, 그야말로 '나'를, 나의 '존재'를 부르는 소리….

요즘은 어떻게 되어 있는지 잘 모르겠지만, 우리 세대의 경우는 맨

처음 초등학교에 들어가 국어시간에 배웠던 것이 "영희야 놀자, 철수야 놀자"라는 말이었다. 우리는 실제로 누군가를 그렇게 부르면서 우리의 인생을 시작했다. 영희와 철수를 부르는 그런 소리는 단순히 놀기라는 용건을 위해서 부르는 소리는 아니었다. 그것은 말하자면 영희의 존재, 철수의 존재를 부르는 소리였다. 함께하고 싶어 하는 '좋아함'이 없이는 "○○야~"라고 부르지 않는다. 부를 수 없다. 언뜻 보기에 아무것도 아닌 듯한 이 하나의 언어 현상에는 실은 우리가 깊은 철학적 시선으로 성찰해보아야 할 진리의 일면이, 그리고 우리 시대의 한 서글픈 얼굴이 감추어져 있다.

'부름'이라고 하는 이 실존적 현상이, 즉 '사람'이 '사람'을 부른다고 하는 이 따뜻한 현상이 어느샌가 점점 그 온기를 잃어가고 있는 것이다. 이 온기는 사람이 사람을 찾아간다고 하는 그 '발걸음'에서도 역시 사라져간다. 요사이는 부르는 말걸음이나 찾아가는 발걸음이나 많은 경우 어떤 '용건'을 위한 수단으로서만 존재하는 것 같다. 하기야 그런 현상이 비단 우리 시대 우리 사회에만 있는 일은 아니었다. 칸트의 저 유명한 말, "그대는 인간을 … 목적으로 대할 것이며, 결코 단순히 수단으로 사용하지 말라(Handle so, daß du die Menschheit sowohl in deiner Person, als in der Person eines jeden anderen jederzeit zugleich als Zweck, niemals bloß als Mittel brauchst)"도 대체로는 사람이 사람을 대할 때 그 사람을, 무언가 어떤 이익을 위한 수단으로 대할 뿐, 순수한 '목적'으로 대하지 않는다는 일종의 '비윤리적' 현상 위에 기초하는 것이다.

1950년대를 지나온 우리 세대들에게는 대체로 하나의 공통된 추억

이랄까 삶의 원체험 같은 것이 있다. 그것은 동네 꼬맹이들과 어울려 하루 종일 이런저런 놀이를 하다가 어느새 노을이 물들고 땅거미가 짙어질 무렵, "○○야~" 하고 부르던 '엄마들'의 목소리가 있었다는 것이다. 그런 엄마들이 부르던 "○○야~"는 그 ○○를 절대적인 목적으로 하는 사랑 그 자체였다. 그런 사랑의 온기는 말하자면 세상을 따뜻한 곳으로 만들어가는 원점이기도 했다. 그런 따뜻함 속에서 자라난 아이들이 커서 '친구'를 찾기 시작한다. A가 B를 찾아가고 B가 A를 찾아간다. A와 B는 서로가 서로를 불러준다. 거기에서 이른바 '세상의 온기'가 자라나간다. 하나씩 둘씩 봄날의 꽃빛처럼 번져나간 그것이 이윽고 사람들로 하여금 세상의 냉혹함을 견디게 하고 내일을 향한 발걸음을 내딛게 한다.

그런 온기의 현주소는 어떨까. 학원 가기를 재촉하는 엄마들의 목소리에 그런 온기가 여전히 남아 있는지를 우리는 좀 고민스럽게 돌아볼 필요가 있다. 한 시간이 멀다 하고 울려대는 아이들의 스마트폰 벨 소리에 과연 그런 온기가 스며 있는지도 의심해보아야 한다. 인터넷의 채팅이나 SNS의 포스팅에 과연 온도라는 것이 있기나 한지도 물어보지 않으면 안 된다.

버팔로에 사는 옛 고등학교 때 친구 I가 30년 만에 전화를 걸어왔다. 길거리에 선 채로 한 30분을 이야기했다. 그와 나는 아무런 이해관계가 없다. 그런데 "니가 쓴 시들 참 좋더라. 젊은 나이도 아니니 몸 챙겨가면서 계속해서 좋은 시 많이 써라"라는 그 친구의 목소리에서 따뜻함이 느껴졌다. 세상이 비록 험하다고는 하나 아직 얼어 죽을 만큼의 빙하기는 아닌 것 같다. 그래서, 「소리의 온도」라는 제목으로 시를 한 편 써봤다.

그는 높고 큰 가죽의자에 앉아 있다
엉덩이는 차갑다
그녀는 수표가 가득 든 명품백을 끼고서
부동산을 지나 증권사를 지나
또다시 명품점으로 들어선다
그녀의 팔은 시리도록 차갑다
봄을 떠난 세월들, 긴 그림자 드리운다
입김은 성에처럼 희고 차가워
부르는 아이들의 이름조차
영하로 굳어 가슴에 닿지 않는다

한때는 모두 따스했던 입술들
아스라이 기억 속에 가물거리는
소리들의 온기

어디선가 그가, 부르고 있다.

더하기와 빼기 ─ 혹은 감사의 철학

● ● 　어떤 언어들은 사람에게서 무언가를 빼는 ―(마이너스)가 되고 어떤 언어들은 사람에게 무언가를 더하는 ＋(플러스)가 된다. 아니, 나누기도 되고 곱하기도 된다.

　　하버드의 교실을 나와 센트럴의 집으로 돌아오는 도중에 꼭 만나게 되는 거지가 한 사람 있다. 세계 최고의 선진국이라는 미국에 웬 거지? 하고 의아할지도 모르겠지만 미국의 거리에는 뜻밖에 거지가 많다. 삶의 경쟁이 그만큼 치열한 사회라는 한 증거이기도 할 것이다. 겉보기에 멀쩡해 보이는 이 중년의 거지에게 어떤 사연이 있는지는 모르겠으나 이 사람은 정말 성실(?)하게도 매일 같은 곳에 출근해서 동냥을 구한다. 그런데 이 사람은 이쪽이 멋쩍은 표정을 지으며 지나가면 민망하게도 큰 소리로 꼭 "Thank you very much. Have a wonderful day!(대단히 감사합니다. 멋진 하루 되세요!)" 하고 인사를 한다. 목소리도 밝다. 이러니 한 번 정도는 푼돈이라도 안 줄 수 없다.

그런데 그가 던진 이 "Thank you"라는 말이 귓가에 묘한 여운을 남긴다. 욕지거리 같은 것보다는 어쨌든 듣기가 좋다. 그런데 미국에서 지내다 보면 이 말을 들어도 너무 많이 듣는다. 마트 같은 데서 몸만 조금 비켜줘도, 문만 조금 잡아줘도, 그리고 횡단보도에서 차들이 조금만 기다려줘도 사람들은 입속으로 "Thank you"를 중얼거린다. 그렇게 아예 입에 이 말을 달고 사는 것 같다.

평소에 나는 교양강의를 하면서 소위 '인문학적 대기'라는 것이 한 사회의 정신을 규정하는 데 결정적인 역할을 하며 그 핵심에 '언어'가 있다고 강조해왔다. 그래서 우리 주변에 어떤 언어들이 대기처럼 떠다니는지를 잘 살펴봐야 하고, 품격 있는 고급 언어들이 항간에 살아서 나다니도록 인문학자들은 기여해야 한다고 주장해왔다. 참고로 예전에 일본에서 살 때를 돌이켜보면 '스미마셍(すみません: 미안합니다)'이라는 말이 아마 가장 많이 듣는 단어 중의 하나였던 것 같다. 그만큼 저들은 (적어도 열도 안에서는) 타인에 대한 자신의 행동거지에 신경을 쓴다는 말이다. 그런 것이 얼마간이든 한 사회의 '격'을 높이고 좋은 인상을 주는 데 기여한다. 또 독일에서는 'Verboten(금지)'이라는 말이 정말 많이 눈에 띄는데, 사실인지는 모르겠으나 예전에 레닌이 독일에 와 보고 하도 이 말이 많이 있길래 "Verboten, Verboten!(금지, 금지!)"이라는, 농담 아닌 농담을 했다는 말도 들은 적이 있다. 그만큼 그들은 정의와 질서, 규범과 통제를 중시한다는 말이겠다.

미국에서는 그렇게 자주 들리는 말 중의 하나에 'Thank you'가 있다. 물론 이 말이 백 퍼센트 충실하게 화자의 마음을 반영하는지, 이런 현상의 배후에 어떤 사회적, 역사적, 문화적 배경이 있는지 등은 전문적 검토가 필요할 것이다. 그러나 아무튼 이 '감사'라는 현상이 표면상으로나마 살아 있다는 것은 좋은 일임에 틀림없다.

우리 사회에서는 언젠가부터 이 '감사'라는 것이 슬그머니 자취를 감추고 있다. "잘되면 제 탓이고 못 되면 남 탓"이라는 시중의 저 반농담도 그런 현상의 일부를 반영한다. 생각해보면 우리 인간들의 삶이라는 것은 그때그때의 크고 작은 '좋은 일'들로 인해 그 추진력을 얻게 되고 그것이 곧 '행복'으로도 연결되는데, 그 좋은 일들이 사실 거의 대부분 다른 누군가의 '도움' 없이는 불가능한 것임을 사람들은 잘 알지 못한다. 통치자의 권력도 공무원과 국민의 도움 없이는 불가능하고 재벌의 부도 사원과 소비자의 도움 없이는 불가능하다. 누군가로부터 무언가 도움을 받으며 그렇게 우리는 삶을 꾸려나간다. 엄밀하게 보면 쌀 한 톨, 물 한 모금도 누군가의 도움 없이는 결코 내 목구멍을 넘어가지 못한다. 누군가의 도움 없이는 누더기 한 장도 내 몸에 걸치지 못하고 누군가의 도움 없이는 결단코 편안한 이부자리에 들 수가 없다. 좀 거창하게 말하자면 이 세계와 인간의 일체존재도 누군가의 도움 없이는 애당초 우리 눈앞에 현전할 수 없다. 20세기 최고의 철학자인 마르틴 하이데거가 그의 후기 사유에서 '존재(Sein)'를 '주어짐(Es gibt)'으로 해석하면서 이른바 'Denken(사유)'을 'Danken(감사)'으로 연결시켜나가는 것은 결코 우연이 아니다.

사람이 사람에게 어떤 태도를 취하느냐 하는 것은 결코 작은 문제가 아니다. 그것은 한 개인뿐만 아니라 그 개인들의 전체인 한 사회의

'모양'과 '빛깔'과 그리고 '온도'를 결정해간다. 그것을 우리는 사람이 사람에게 내뱉는 '언어'를 통해 감지할 수가 있다. 좀 추상적일지는 몰라도 어떤 언어들은 사람에게서 무언가를 빼는 −(마이너스)로 작용하고 어떤 언어들은 사람에게 무언가를 더하는 +(플러스)로 작용한다. (때로는 또 나누기도 되고 곱하기도 된다.) 언어에도 특유의 수학이 있는 것이다.

세상을 둘러보면 어떤 사람들은 비판과 비난의 가시 돋친 언어들을 마치 무기처럼 사용하기도 한다. 그것이 사람과 사람 사이에 한랭전선을 형성하면서 바이러스 같은 증오를 키워나간다. 그런 것이 때로는 저 황사나 CO_2보다도 더 위험한 것임을 사람들이 좀 알아줬으면 좋겠다. 비록 사소하고 작은 것일지라도 따뜻하게 평가하고 칭찬하고 그리고 감사하는 그런 세상이 좀 되었으면 좋겠다. 케임브리지 시 메사추세츠 거리의 저 거지에게서 우리는 그 감사의 철학을 좀 배울 수도 있지 않을까. 이런 글을 쓸 수 있도록 도와준 그 거지 아저씨에게 감사한다. "Thank you very much!"

복과 행복

● ● 　　세상은 남의 불행을 돌아볼 만큼 착하지 않고 인생은 원망으로 허송할
만큼 길지도 않다. 알아서 행복을 찾아야 한다.

　　철학을 하면서 오래전부터 벼르고 있는 일이 하나 있다. 그것은 이
른바 '복(福)'이라고 하는 것을 제대로 한번 연구해봐야겠다는 것이
다. 우리가 인생을 살고 있는 이 인간세상에는 '복'이라고 불리는 현
상이 엄연히 있다. 말은 비슷하지만, 이건 우리가 흔히 이야기하는
'행복'이라는 것과는 좀 다르다. 굳이 비교해서 정리하자면 복이란 인
간에게 주어지는 객관적인 어떤 좋은 일을 가리키고, 행복이란 인간
의 내면에서 느껴지는 주관적인 어떤 좋음의 상태를 가리킨다. 이 두
가지가 완전히 무관한 것은 아니지만 반드시 연관되는 것도 아니다.
복은 엄청나게 받은 사람이지만 그 사람이 그만큼 꼭 행복한 것은 아

닌 경우도 많고 그 반대로 복은 적지만 행복한 경우도 없지는 않기 때문이다.

철학의 역사에서 '행복'에 관한 논의는 많이 있지만 '복'에 관한 논의가 없다는 것은 생각해보면 좀 의외다. 특히 우리 동양의 문화권에서 보자면 이 복에 대한 사람들의 관심이 지대하기 때문이다. 우리나라의 경우, "웃는 문에 만복이 온다(笑門萬福來)"라는 말도 있고, 자식이 훌륭할 경우 '복덩이'라 부르기도 하고, 예로부터 베개나 밥그릇에 복이라는 글자를 새겨두기도 했다. 새해에는 복조리를 돌리기도 하고 "복 많이 받으세요"라는 게 인사가 되기도 한다. 중국 사람들은 집이나 가게에 아예 '福'이라는 글자를 붙여두기도 하는데 심지어는 하늘에서 복이 쏟아지라고 그걸 거꾸로 붙여두기도 해 외국인들의 눈길을 끌기도 한다. 일본 사람들은 소위 '세쓰분(節分: 입춘 전날)'에 복콩(福豆)을 뿌리면서 "복은 안에, 귀신은 밖에!(福はうち, 鬼はそと)" 하고 외치는 풍습이 있다. 서양에서는 'luck/chance/Glück(행운)'라는 게 아마도 이 '복'의 개념에 가까울지도 모르겠다. 그들도 역시 "Good luck!", "Bonne chance!", "Viel Glück!"를 인사로 삼는다.

복의 가장 큰 특징은 무언가 좋은 그것이 기본적으로는 그 사람의 능력이나 노력과 상관없이 주어진다는 것이다. (물론 능력이나 노력의 결과로 주어지는 복들도 많기는 하다.) 예컨대 인간성에는 문제가 많은 사람이 돈을 많이 벌어 부자가 된다거나 높은 자리에 오른다거나 유명인사가 된다거나 훌륭한 배우자를 만난다거나 자식이 잘된다거나… 어쨌든 인생이 잘 풀리는 경우가 많고, 반대로 능력과 노력이 충분하고 인품이 훌륭한데도 불구하고 이상하게 일이 잘 풀리지 않아

빛을 보지 못하거나 불행을 겪는 사람 또한 많은 것이다. 이럴 때 사람들은 "으이그, 지지리 복도 없지…" 하고 한탄을 한다. 이런 경우는 뜻밖에 많다.

영화『마이 페어 레이디』를 보면 주인공 일라이자 둘리틀(오드리 햅번 분)의 아버지 알프레드 둘리틀 씨의 이야기가 적지 않게 나오는데, 무식한 술주정뱅이에 일은 않고 딸을 돌본다는 의식조차도 없는 이 사람이 술에 취해 주정 삼아 부르는 노래가 인상적이다. 그중에 "약간의 복(운)이 있다면(with a little bit of luck)…"이라는 말이 거듭 나오는데, 이를테면 "보통은 부모가 자식을 돌보지만, 약간의 복이 있다면 자식이 부모를 돌보기도 한다네…" 어쩌고 하는 식이다. 실제로 그는 얼렁뚱땅 내뱉은 말 몇 마디 때문에 주인공 히긴스 교수에게 추천을 받아 한 미국 부자로부터 엄청난 유산을 연금으로 받게 되기도 한다. 훌륭한 고전 영화는 이렇게 인생의 실상을 잘 반영해 보여주기도 하는 것이다. 주변을 둘러보면 그런 경우가 한둘이 아니다. 솔직히 그건 '세상이 모순덩어리'라는 말과 곧잘 연결되기도 한다.

자, 그렇다면 우리는 이런 현상에 어떻게 대처해야 할 것인가?

우리는 알지 못한다. 도대체 그 복이라는 것이 어디서 오는 것인지 어떻게 오는 것인지. 그것을 주는 이가 어떤 존재인지. 소위 말하는 전생의 업보인지 조상님의 은덕인지. 흔히들 "하늘이…"라고 하지만 그것도 솔직히 막연하고 애매하기가 짝이 없다. 그러니 그냥 막연하게 그런가 보다 하고 넘어갈밖에 도리가 없다. 하지만 한 가지 확실한 것은 있다. 그 복이라는 것이 우리가 안달복달한다고 해서 그 결과가 그다지 달라지지는 않는다는 것이다. 야속한 하늘이나 조상을 원망해본들 또 무슨 소용이 있겠는가. 그 안달복달, 원망, 특히 복 받은 주변 누군가와 자신의 처지를 비교하는 것은 그나마 누릴 수 있는 자신의 '행복'을 오히려 훼손시키는 결과를 가져온다. 그런 어리석음은 피해야 한다. 비교는 대개의 경우 불행의 첩경이니까.

복은 우리 인간들이 스스로 어떻게 할 수 없는 일이지만 이른바 '행복'은, 외적 성취 혹은 내적 수양을 통해, 스스로 어느 정도 제어가 가능한 것이다. 고관대작이나 대부호 혹은 저명인사라고 해서 반드시 행복의 크기가 비례하는 것도 아니며 소박한 서민 중에서도 복의 크기와 상관없이 진정한 행복을 누리며 사는 이들이 얼마든지 있기 때문이다. 그것은 그들이 스스로 얼굴에 그리는 그 표정을 통해 알 수가 있다.

그러니 적어도 하루에 한 번은 거울 앞에 서서 관찰해볼 일이다. 나는 지금 나의 얼굴에 무엇을 그리고 있는지. 행복을 그리고 있는지, 혹은 많은 복을 받았음에도 불구하고 그것을 알아차리지도 못하고 고마워하지도 않고 잔뜩 찌푸린 채 스스로 불행의 얼굴을 그리고 있는 것은 아닌지.

세상은 남의 불행을 돌아볼 만큼 착하지 않고 인생은 원망으로 허송할 만큼 길지도 않다. 알아서 행복을 찾아야 한다.

잊고 싶지 않은 것들

● ● ●　　잊고 싶지 않은 것들은 쉬 지워지고, 잊고 싶은 것들, 잊어야 할 것들은 찰거머리처럼 기억에 달라붙는다.

　고등학교 동창회 사이트에 미국 뉴저지에 사는 친구 H가 '잊고 싶지 않은 것들'이라는 제목으로 제법 긴 글을 올렸다. 거기서 그 친구는 노라 에프런(Nora Ephron)의 책 『나는 아무것도 생각이 나지 않는다(*I Remember Nothing*)』를 언급하며 그 일부를 소개했다.

　"언젠가는, 당연히, 아이들은 성장할 것이고, 나와 남편 닉만이 롱아일랜드의 집에 있게 될 겁니다. 거위의 소리가 달라지면 여름이 영원하지 않다는 첫 신호이며, 어느덧 일 년조차도 그렇게 끝날 것입니다. 그러면, 말하기는 좀 그렇지만, 여름이 다 갔다는 신호뿐만이 아니라, 모든 것들도 그렇게 지나간다는 겁니다. 결국, 나는 거위들을 싫어하게 되었습니다. 사실은 미워하기 시작했습니다. 특히 거위들이 내는 소리를 싫어하게 되었는데, 그것은 날개를 움직이는 소리가 아니라 ─ 그동안 나는 무엇으로 알고 있었는지? ─ 불협화음의 잡음이라고 알게 된 이후입니다.

지금 우리는 여름에 롱아일랜드로 가질 않기 때문에, 거위들의 소리를 듣지 못합니다. 가끔은, 대신, 로스앤젤레스로 가게 되는데, 거기에는 벌새가 있고, 나는 그 벌새들을 바라보는 것을 좋아하는데, 이유는 벌새들은 주어진 삶에 충실하는 데 바쁘기 때문입니다."

노라 에프런은 기자이며 베스트셀러 작가인데, 『해리가 샐리를 만났을 때』, 『시애틀의 잠 못 이루는 밤』의 시나리오를 쓴 사람이기도 하다니 바로 납득이 되었다. 71세인 작년에 폐렴으로 작고했는데 자신의 죽음을 미리 알고 있었는지 이런 글도 남겼다고 소개했다.

" '잊고 싶지 않은 것들' 나의 아이들/닉(남편)/봄/가을/와플/와플의 개념/베이컨/공원을 걷는 것/공원을 걷는다는 생각/공원/공원에서 하는 셰익스피어 공연/침대/침대에서 책읽기/불꽃/웃음/창문에서 바라다보는 풍경/반짝이는 전등/버터/우리 둘만이 하는 저녁식사/친구들하고 하는 저녁식사/생소한 도시에서 하는 친구들과의 저녁식사/파리/내년의 이스탄불/『오만과 편견』/크리스마스트리/추수감사절 식사/혼자 있는 식탁/말채나무/목욕하는 것/맨해튼으로 건너오는 다리/파이"

뭔가 미국적인 감성이 금방 전해져오는 글이었다. 나는 이런 류의 미국적 감성을 썩 좋아하는 편은 아니었는데 참 묘하게도 현지에서 들으니 자연스럽게 마음에 다가오는 부분이 없지 않아 있다. 감성이라는 것도 풍토와 맞닿아 있는 어떤 것인가? 아무튼.

나도 사실은 뭔가를 이렇게 나열해보는 것을 좋아하지만, 이건 나열 그 자체만으로 한 편의 시가 될 것 같은 그런 내용들이다. 아마도 이것이 요즘 고령화와 더불어 사회적 이슈의 하나가 되고 있는 소위 '치매'를 그 배경에 깔고 있기 때문이리라. 저 오래된 아리스토텔레스의 지적대로 비극은 기본적으로 순화의 기능을 지니고 있어 사람의 마음 한 구석을 정갈하게 만들어준다. 나에게는 그녀의 이 글이 최근 노벨상으로 화제가 된 앨리스 먼로(Alice Munro)의 단편소설 「곰이 산을 넘어오다(*The Bear Came over the Mountain*)」(사라 폴리(Sarah Polley) 감독의 『어웨이 프롬 허(*Away from Her*)』로 영화화)와 겹쳐, 좀 더 가깝게 다가왔다. 손예진, 정우성의 영화 『내 머릿속의 지우개』도 떠올랐고, 떠나시기 전 마지막에 한동안 치매로 나를 가슴 아프게 했던 어머니도 떠올랐다.

이런 일은 이제 우리 주변에 너무나 흔한 일이 되어버렸고 지금 총기를 자랑하는 우리 모두에게도 얼마든지 있을 수 있는 가능성으로 우리를 기다린다. 만일 이것이 나의 일이 된다면…. 인생의 가을 문턱에 들어선 이는 아마 누구나 한번쯤 이런 생각을 하게 될 것이다.

나라면… 나는 무엇을 기억에 붙잡아두고 싶어질까? 지금이라면 어쩌면 이럴 것 같다.

보스턴의 가을/산책/강의 상류/빵/구름/구름과 노을/커다란 포플러/

포플러 잎들을 흔드는 바람/딸과의 대화/『초원의 집』/글 쓰는 내 모습/책이 된 글/하이델베르크의 돌다리/프라이부르크의 도랑/그녀에게서 온 첫 편지/딸의 어린 손/진해의 벚꽃/4월/마중/낙동강 백사장/백사장 끝에 찰랑이는 강물/포스터의 노래들/고흐/르누아르/르누아르가 걸려 있던 파리의 미술관/교회 종소리/내가 골라준 그녀의 블라우스/박새/박새가 앉아 있던 측백나무 …

언젠가는 모두 다 지워질 나의 기억들. 그러나 아직은 파스텔 빛으로 남아 있는 '잊고 싶지 않은 것들'. 내 인생의 재산들.

인연

● ● 　모든 일에는 다 '때'가 있다. 진정한 인연은 그 '때'가 왔을 때 비로소
반가운 손을 내민다. 조금 늦는다고, 조금 돌아간다고 안달할 일은 전혀 아니다.

　인생의 연륜이 늘어나면서 참 알게 된 것들도 많아졌다. 그런데 묘
하게도 그 알게 된 것들 중에는 '알 수 없는 일들'에 대한 '알 수 없
음'의 인정 같은 것도 포함돼 있다. 이를테면 세상의 존재 혹은 우주
의 조화, 세월의 흐름 혹은 인생의 무상 그리고 생로병사나 희로애락
같은 이치들이다. 그게 그렇다는 것, 그게 어떠어떠하다는 것은 점점
더 뚜렷이 알게 되는데, 그게 도대체 왜 그런지는 점점 더 알 수가 없
다. 그럴 때는 그저 다소곳이 옷깃을 여밀 수밖에 없다. 그런 것 중의
대표적인 하나가 저 '인연'이란 게 아닐까 싶다.

　나는 기회 있을 때마다 사람과 사람의 인연이란 게 얼마나 소중한

것인지를 강조하면서 그것을 아름답게 가꾸어가야 한다고 호소하는데, 그러면서 꼭 소개하는 문구가 두 가지 있다. 둘 다 불교의 한 토막이다.

하나는, "우리가 인간으로 이 세상에 태어난다는 것은 망망대해에서 눈먼 거북이가 헤엄쳐 다니다가 우연히 구멍 뚫린 통나무를 만나는 것보다 더 희한한 일이다"(이른바 맹귀우목)라는 것이고, 또 하나는, "사람이 오다가다 길거리에서 옷깃이라도 한 번 스치려면 다섯 겁 이전부터의 인연이 있어야 한다"는 것이다. 한 겁이라는 것은 사방 천리 되는 바위를 천 년에 한 번씩 천으로 닦아 그게 다 닳아 없어지는 것보다 더 긴 시간이라고 하니 그 만남의 인연이 얼마나 엄청난 것인지를 강조하기에 더 이상의 수사는 없을 것 같다.

그런 인연으로 태어나 그런 인연으로 사람과 사람이 만나게 된다. 그럴진대 이 만남의 인연을 어떻게 함부로 소홀히 할 수가 있겠는가. 황당한 과장인 줄이야 누가 모르랴만, 세상의 이야기들을 들어보면 그게 그냥 단순한 과장이 아니라는 것을 실감하게 하는 사례도 적지가 않다.

최근에 우연히 보스턴의 한 지역신문에서 '월든 호수(Walden Pond)'를 소개하는 기사를 읽었다. 그 기사를 쓴 기자가 우연히도 내가 아는 분의 부인이었던 관계로 나는 그것을 읽게 되었고 그 덕분에 그 호수의 존재를 알게 되었다. 알고 보니 그곳은 자연주의자 헨리 소로(Henry Thoreau)가 2년여 동안 오두막을 짓고 홀로 살았던 일로 이미 이름이 나 있는 곳이었다. 주말에 일부러 시간을 내어 그곳을 찾아가봤다. 그림처럼 아름답고 호젓한 곳이었다. 그곳은 단박에 나를 매료했다.

그 기사에는 저명 시인인 R씨의 글도 소개돼 있었는데, 이게 또 예사롭지가 않다. 간단히 소개하자면 대략 이렇다. 그는 월든 호수를 꼭 보고 싶어서 뉴욕에서 보스턴 행 기차를 탔는데 초행길이라 옆자리의 사람에게 물어봤더니 친절하게 가는 법을 가르쳐줬다. 그가 가르쳐준 대로 역 앞에서 호수 인근 C시로 가는 버스를 탔는데 30분 거리라던 그곳에 3시간도 더 걸려 도착을 했다. 눈보라가 심했다 한다. 알고 보니 그곳은 우연히도 이름이 같은 다른 주의 큰 도시였다. 할 수 없이 다시 버스를 타고 보스턴으로 돌아와 택시를 탔다. 늦은 시간이었지만 이번에는 제대로 도착을 했다. 감동적인 설경이 눈앞에 있었다. 그 어스름 속을 그는 혼자 산책을 했는데, 도중에 어떤 남자를 만나 서로가 놀랐고 그래서 자연스레 이야기를 나누게 됐다. 그 남자는 소로에게 감명 받아 그처럼 호숫가에 집을 짓고 자연주의적 삶을 산다고 했다. 둘은 이내 죽이 맞아서 그는 며칠간 그 남자의 집에서 신세를 졌고 둘도 없는 벗이 되었고 그 우정은 최근에 그가 노환으로 세상을 떠날 때까지 이어졌다. 그러면서 R씨는 그 우연한 실수로 자신이 먼 길을 돌아가지 않았더라면 그를 결코 만나지 못했을 거라며 그 우회는 결코 먼 길이 아니라 그를 만나러 가기 위한 최단의 지름길이었고 또한 필연이었다고 그 글을 마무리했다. 감동적인 이야기가 아닐 수 없다.

"돌아서 늦게 갔기에 비로소 그를 만날 수 있었다. 그게 최단의 지름길이었고 필연이었다"는 그의 말은 나에게 깊은 감명으로 와 닿았다. 생각해보면 인간세상에, 그리고 우리 인생에 그런 경우가 어디 한

둘인가. 조금 늦는다고, 조금 돌아간다고 조급해할 일은 아닌 것 같다. 사람이든 일이든 또 무엇이든, 만날 인연은 어차피 어디선가 기다리고 있다. 지긋이 그 만남을 위해 준비하며 기다릴 일이다.

모든 일에는 다 '때'가 있다. 진정한 인연은 그 '때'가 왔을 때 비로소 반가운 손을 내민다. 그리고 아무리 애태워도 아닌 인연은 어차피 이어지지 않는다. 그게 왜 그렇게 되는지는 도무지 모르겠지만.

어느 파티에서

● ●　따뜻한 마음 몇 조각이면 누군가의 천 가닥 상처 중 적어도 몇 가닥은
보듬을 수 있다.

　하버드의 9월은 이런저런 파티들로 시작된다. 학과나 연구소나 각
단위기관별로 새로운 식구들을 맞아 환영 리셉션을 여는 것이다. 이
때면 교수회관 격인 패컬티 클럽(Faculty Club)이 손님을 치르느라
바빠진다. 공관들의 경우는 보스턴 시내의 좀 더 격조 있는 클럽에서
아주 제대로 된 연회를 열기도 한다. 나도 소속 학과뿐 아니라 몇 군
데서 초대를 받아 그곳들을 다녀왔다.

　행사를 준비한 이른바 '주최 측' 호스트들은 입구에서 말쑥한 차림
으로 손님들을 맞아 환한 얼굴로 담소를 하고, 이윽고 모인 손님들이
삼삼오오 반가움과 혹은 초면 인사를 나누느라 장내가 시끌벅적해질

무렵, 누군가가 와인잔을 두드리며 주의를 끈다. 손님들은 조용해지고 주인은 차분한 목소리로 인사말을 시작한다. 복장도 분위기도 비교적 자유로운 것이 이를테면 유럽이나 일본과는 다른 미국의 한 특징이다. 인사말이 끝나면, 한두 사람 손님 중에서 스피치를 보태기도 한다. 연주나 노래 등 음악회가 중간에 모임을 장식해준다. 그 음악들이 그윽한 실내 분위기와 어울려 제법 멋지다. 손님들은 다시 담소를 계속하고 웨이터들은 끊임없이 손님들 사이를 다니며 음식과 음료를 권한다. 제법 영화 속의 한 장면 같은 시간들이 두어 시간 이어진다. 이런 데서 이를테면 '뜻밖의' 만남 같은 것이 이루어지기도 한다.

나는 그 한 연회에서 D라고 하는 한 한국계 교수를 우연히 만났다. 젊은 친구다. 그는 한국말을 잘 하지 못했다. 이른바 교포 3세나 그런 건 아니었다. 완전한 미국 이름을 가진 그가 자기소개를 하며 더듬거리는 한국말로 들려준 것이 '입양아'라는 것이었다. 그 말을 듣는 순간 나는 체질적으로 뭔가 긴장했다. 어떤 미안함 같은 것이 속으로 옷깃을 여미게 했다. 그런 이야기 뭐 한두 번 듣나? 하지만 실제로 내 눈앞에 마주하기는 처음이다. 그가 지난 세월 겪었을 수많은 고충들, 가슴에 담았을 복잡한 감정들, 그런 것이 그의 표정과 몸짓을 통해 전파처럼 전해지면서 나를 긴장시킨 것이다.

하지만 그는 뭔가 단단했고 그리고 당당했다. 우연이지만 그는 나와 마찬가지로 일본 유학과 독일 유학의 경험도 갖고 있었다. 아주 유창한 일본어와 독일어를 구사했다. 프랑스어도 유창했다. 미국에 입양된 한국인이 왜 하필 일본 유학과 독일 유학을? 하는 생각도 들었지만 그건 개인적인 사정이 있을 테니까 초면에 자세하게 물어볼 수는 없었다. 어쨌거나 그는 미국 대학의 교수가 되었다. 나는 긴장의 한편으로 그가 자랑스러웠다. 미묘한 미안함의 한편으로 어떤 고마움 같은 것이 중첩되었다. '잘 살아줘서 고맙소. 사연은 모르겠지만 당신을 품어주지 못한 부모와 나라도 이런 당신을 보면 조금은 덜 미안할 거요. 그렇게 앞으로의 세월도 더욱 열심히 살아주면 좋겠소.' 그런 마음이었지만 그것이 입 밖으로 나오지는 않았다.

간단한 만남이 있고 며칠 후 그에게서 인사차 메일이 왔다. 나는 회신을 하며 그에게 다시 만나기를 제안했다. 답이 왔다. 나는 조만간 그를 다시 만날 것이다. 그렇게 교류하면서 조금 거리가 좁혀진다면 나는 그 젊은 친구의 친구가 되어주고 싶다는 희망을 가지고 있다. 아무리 좋은 양부모를 만났다 해도 그의 깊은 가슴속에 일종의 상처가 없을 리 없다. 나는 가능만 하다면 그 천 가닥 상처 중의 다만 한 가닥이라도 보듬어주고 싶은 것이다. 따뜻한 마음 몇 조각이면 그것이 어느 정도는 가능하지 않을까 기대해본다.

사람이 자식을 낳고 기른다는 것, 사람이 누군가의 자식으로 태어나 자란다는 것, 그것은 우리가 인생이라고 말하는 것의 적어도 절반 정도를 차지하는 것은 아닐까. 거기에 부모의 의무, 자식의 권리, 그런 것이 있는 것은 아닐까. 우리 대부분은 알게 모르게 그런 권리를 누리면서 자라났고, 그런 의무를 수행하면서 자식을 길러온 건 아니었을까. 그러나 이렇게, 아닌 경우도 있는 것이다. 그래도 인생이라는 것은 어떻게든 살아진다. 부모의 의무와 자식의 권리가 실종된 인생, 거기서도 인생의 희망과 성공, 그리고 행복은 가능한 것이다. 예전에는 장성한 자식들의 의무라는 것도 있었다지만 요사이는 대부분의 부모들이 그것을 포기한 지 오래인 것 같다. 시대가 그렇다면 뭐 그럴 수도 있지. 부모의 효도받을 권리, 자식의 봉양할 의무, 그런 것이 실종된 인생에서도 인생의 희망과 행복은 또 다른 모습으로 주어질 테니까.

　D와의 재회를 앞둔 나는 그에게서 그런 좀 엉뚱한 교훈을 얻고 있다. 이래저래 그가 고맙다. 따뜻한 말 몇 마디라도 준비해 가서 맛있는 밥이라도 사줘야겠다. 차가운 손으로 어린 그를 비행기에 실어 내보낸 저 '한국'의 한 대표로서.

향기의 철학

● ◦　원인은 수줍게 숨으면서 결과는 아름답게 드러내는 것, 그런 점에서 향기
는 문화와 미학을 넘어 윤리가 된다.

　주말이다. 그리고 가을이다. 게다가 여기는 전 세계의 수많은 관광
객들이 일부러 찾아오기도 하는 보스턴이다. 책상에 앉아 연구만 하
자니 뭔가 이 시간과 장소에게 미안한 생각이 들었다. 해서 과감하게
책을 덮고 거의 유일한 취미이기도 한 산책에 나섰다.

　찰스강을 향해 '프랭클린 스트리트'를 걸으며 보니 나뭇잎들이 제
법 노랑과 빨강으로 물들어 남아 있는 초록과 너무나도 예쁘게 어울
린다. '컬러풀(colorful)'이라는 단어가 실감이 난다. 잠시 눈이 행복
해진다. 강변 곳곳에는 독일에서 익숙했던 너도밤나무 열매들과 도토
리들이 지천으로 흩어져 있고, 그 사이를 커다란 은빛 스퀴럴

(squirrel)들이 탐스러운 꼬리를 흔들며 바쁘게 돌아다닌다. 정말이지 어디서 카메라의 셔터를 눌러도 그대로 한 장의 그림엽서가 된다.

어디선가 갑자기 한 줄기의 꽃향기가 바람에 실려 온다. 아, 이건 혹시 금목서? 그렇구나. 너의 계절이구나. 눈을 돌려 주변을 살펴봤으나 잘 찾아지지 않는다. 하기야 이 꽃 자체는 애당초 잘 눈에 띄지 않는다. 모양보다는 향기로 승부하자는 것이 이 꽃이다. 나는 그런 점에서 이 금목서라는 친구를 높이 평가한다. 봄과 여름을 장식하는 아카시아, 라일락, 그리고 장미도 향기에서는 모두 내로라하지만 금목서는 스스로의 모습을 잘 드러내지 않는다는 점에서 또한 윤리적이다. 물론 미학적으로도 그 향기는 전혀 뒤지지 않는다. 좀 지나친 과찬인가? 하지만 철학자나 시인이 그런 숨은 미덕을 봐주지 않으면 또 누가 그것을 알아주겠는가.

생각해보면 이 향기라는 것은 참 묘하다. 인간의 '느껴진' 오감인 색(色), 성(聲), 향(香), 미(味), 촉(觸)은 각각 '느끼는' 안(眼), 이(耳), 비(鼻), 설(舌), 신(身)에 대응하는데, 가운데 낀 이 향은 다른 것들에 비해 상대적으로 좀 가려져 있는 감이 없지 않다. 다른 네 가지 감각은 탈이 날 경우 곧바로 심각한 장애가 발생하지만 냄새를 못 맡는 것은 특정 직업인을 제외하고는 그렇게까지 심각한 장애가 되지는 않는다. 없다고 큰일 날 것은 아니지만 있다면 없는 것보다 분명히 좋은 것, 그런 점에서 '향기'라는 이 감각은 좀 문화적이라고도 할 수 있겠다.

문화국가로 이름 높은 프랑스에서 향수가 발달한 것은 그런 점에서 우연은 아닌 것 같다. 물론 그렇다고 저 그로테스크한 소설 『향수』 같은 것까지 두둔할 생각은 없다. 많은 경우 과유불급, 지나친 것은 모자람만 못하다고, 향수 내지 향기의 과잉은 사람들에게 불쾌감을 주는 경우도 적지가 않다. (엘리베이터를 타고 지독한 향수 냄새에 코를 막아본 적이 있는 이는 이 말을 이해하리라.) 하지만 그 지나치지도 않고 모자라지도 않은 적절한 수준의 향기는 감각적 존재로서의 인간에게 상당한 축복임을 부인할 수 없다. 없어도 큰 상관은 없지만 있다면 있는 만큼 뭔가 좋아지는 그 어떤 인간적 노력의 성과를 나는 '문화'라고 이해한다. 그것은 '기본 + α'의 그 'α'에 해당하는 것이다. 자연 속의 향기 자체는 그런 점에서 인간과 세상에 주어진 신의 문화적 선물인지도 모르겠다. (자연과학적인 향기의 역할은 일단 논외로 한다.)

중국의 고전소설 『홍루몽』에 보면 여주인공인 임대옥의 7언 장시 "花謝花飛飛滿天 紅消香斷有誰憐(꽃은 져서 하늘 가득히 나네/붉은 향기 한번 지면 누가 있어 슬퍼해주려나)"를 비롯해 향기에 관한 언급이 도처를 장식한다. 일본의 고전소설 『겐지이야기』에도 궁중의 귀족들이 향료를 배합해 새로운 향을 만드는 놀이를 하기도 하고 그런 향기 중의 어떤 것은 남녀의 인연(특히 히카루 겐지와 후지쯔보)을 이어주는 특별하고도 결정적인 하나의 소재로 작용하기도 한다. 아마도 '향기'라는 요소를 빼버린다면 이 고전들의 가치는 상당히 낮아질 것이다. 그렇듯, 그 존재로써 무언가의 수준을 드높일 수 있는 문화적 장치, 그것이 바로 향기인 것이다.

내가 한국에서 근무하던 대학의 현관 근처에도 금목서가 한 그루 있었다. 이 무렵이었다. 교양 강의를 위해 그 건물을 나설 때면 이 친구가 그윽한 향기로 나의 온몸을, 아니, 온 영혼을 감싸주었다. 행복했다. 그 행복의 크기만큼 나는 늘 그 나무에게 감사했다. 하지만 그를 쳐다보는 일은 드물었다. 그는 자기의 꽃을 과시하지 않았으니까. 원인은 스스로를 과시하지 않으면서 결과는 분명히 알려주는 것, 그것은 저 탁월한 존재론자 마르틴 하이데거가 말한 '진리' 개념과도 통하는 것이었다. 진리에는 감춤과 드러남의 양면이 있다고 하이데거는 지적했다. 자기를 드러내지 않으면서 베푸는 것, 그것은 또한 "오른손이 하는 일을 왼손이 모르게 하라"는 저 예수의 숭고한 '손의 철학'과도 통하는 것이고, "물은 만물을 이롭게 하면서도 다투지 않고 뭇사람이 싫어하는 낮은 곳에 처한다"는 저 노자의 '물의 철학'과도 유사한 것이다. 그런 점에서 저 금목서의 향기는 윤리적, 철학적, 종교적인 향기인지도 모르겠다.

　가을이다. 이런 글을 쓰고 있는 걸 보니 가을은 분명 사색의 계절임에 틀림없다. 이 글에도 저 금목서의 향기가 조금쯤 배어 있다면 좋겠다.

하늘의 눈물

● ● ●　　저 바다는 모두 하늘이 인간의 슬픔을 대신해 흘려준 눈물. 하늘은 오늘도 세계 구석구석에서 바쁘게 운다. 보라. 지금도 어디선가 비가 내린다.

요즘 같은 자본만능의 시대에 좀 바보처럼 들릴지도 모르겠지만, 시인이라는 사람들은 단어 하나에 그날의 기분이 왔다 갔다 한다. 마음에 드는 표현을 떠올리거나 만났을 때의 기쁨은 어쩌면 젊은 아가씨가 마음에 드는 구두나 핸드백을 발견했을 때의 기쁨 같은 것보다 훨씬 더 클지도 모르겠다. 단어 하나가 때로는 진리 내지 예술을 담지하는 경우도 적지 않기 때문이다.

그런 기쁨을 오늘 만났다. 저녁에 TV 드라마를 보고 있는데, 소제목이 '하늘의 눈물(Heaven's Tear)'이라고 되어 있었다. 솔깃해졌고 그리고 이내 몰입되었다. 재미있었다. 주인공인 소녀가 어린 동생을 잃은 슬픔 때문에 하늘이 가깝다는 산에 올라가 기도를 하다가 탈진해 정신을 잃었는데, 깨어나 보니 어떤 산사나이가 소녀를 돌봐주고 있었다. 산사나이는 소녀의 이야기를 듣고서 이렇게 위로를 해준다. "너는 동생을 다시 살려달라고 간절히 기도하지만, 세상에는 하늘도 어떻게 할 수 없는 일이 많이 있단다. 비가 왜 오는지 아니? 그건 하늘이 눈물을 흘리기 때문이란다. 그 눈물에는 이런 누나의 모습을 슬퍼하는 네 죽은 동생의 눈물도 함께 흐를지 모른단다. 그러니 동생을 더 슬프지 않게 하기 위해서라도 너무 슬퍼하지는 않는 게 좋겠다." 대충 그런 내용이었다. 소녀는 마음을 추스르고 산을 내려가 다시 엄마 아빠의 품에 안긴다. 옛날 드라마라 그런지 좀 상투적이기는 했지만 나는 감동했고 그런 따뜻한 마음과 언어가 잠시나마 이 미국 생활의 한 순간을 행복하게 만들어줬다.

아닌 게 아니라 하늘이 눈물을 흘린다는 이 황당한 이야기는 얼마간 깊은 삶의 진실을 은연중에 반영한다. 나는 속으로 그 소녀에게 이런 이야기를 더 들려주고 싶었다. "동생을 잃은 너의 슬픔은 말할 수 없이 크겠지만, 이 세상에는 그런 크고 작은 슬픔들이 너무나도 많이 있단다. 그 모든 슬픔들이 다 하늘의 눈물로 내린단다. 비가 얼마나 많이 오는지 보렴. 그 비들이 모여 시내가 되고 강물이 되고 그리고는 마침내 바다가 된단다. 저 넓고 깊은 바다가 다 하늘이 흘린 슬픔의 눈물이란다." 나는 문득 '바다는 왜 넓고 깊은가' 라는 제목으로 시라도 한 편 써보고 싶어졌다.

바다는 넓고 그리고 깊다

그것은 모두

하늘의 눈물

오늘도 비가 온다

하늘이 또 운다

우리 때문에

운다.

어설프지만 이것만으로도 한 편의 시가 되고도 남는다.

인생을 바다에 비유하는 것은 그것을 괴로움의 바다(苦海)로 규정하는 불교로 인해 우리에게 그다지 낯설지 않다. 그 바다가 온통 눈물의 바다라는 것은 사실 조금만 깊이 통찰해보면 결코 과장이 아니라는 사실을 이내 깨닫게 된다. 우리들의 인생은 울음으로 시작해 울음 속에서 끝나게 된다. 참으로 묘한 현상이 아닌가. 현재의 인간이 70억이라면 최소한 70억 × 2 = 140억 번의 눈물을 하늘이 흘렸고 그것이 지나온 과거의 모든 눈물들과 함께 바다로 출렁대고 있을 것이다. 그 출생과 죽음 사이의 삶은 또 어떤가. 이 세상의 인간치고 삶의 과정을 눈물 없이 보내는 사람이 과연 있을까. 남자는 울지 않는 법이라고 예전에는 곧잘 이야기했지만, 그것은 새빨간 거짓말이다. 설혹 눈물을 보이지 않는 이가 있을지는 모르겠지만, 그렇다고 그가 속으로 삼킨 눈물이 없는 것은 아니다. 그런 눈물도 다 하늘이 대신 흘려주는 것이다.

생로병사로 인한 눈물, 애별리고로 인한 눈물, 원증회고로 인한 눈물, 구부득고로 인한 눈물, 오온성고로 인한 눈물…. 이 모든 일들을 '나 자신의 일'로서 감당할 때, 우리 인간들은 속절없이 눈물을 흘릴 수밖에 도리가 없는 것이다. 부모 형제를 잃어본 자들은 안다. 늙고 병들어본 자는 안다. 원수 같은 인간들에게 시달려본 자는 안다. 사랑하는 이와 이런저런 사정으로 헤어져본 자들은 안다. 뭔가를 간구하고 좌절해본 자들은 안다. 스스로도 통제되지 않는 자기에 부딪쳐본 자들은 안다. 인간의 삶이라고 하는 것이 얼마나 많은 눈물을 그 대가로서 요구하는지를.

그러나 그 많은 눈물들을 하늘이 대신 흘려준다니 참 고맙고도 든든한 일이 아닌가. 오늘도 보스턴의 하늘에는 비가 내린다. 세계 제일의 선진국이라지만 이곳 미국에서도 울어야 할 일들은 많은 모양이다. 하기야 보스턴 테러가 일어난 것도 얼마 전이다. 허리케인이 오클라호마를 할퀴고 간 것도 얼마 전이다. 이래저래 하늘은 참 바쁘시겠다.

오로라를 꿈꾸며

● ● 　 세상에서 온갖 신비가 사라져간다. 인간들은 지금 이 상실을 상실인 줄 모르며 영롱한 무지개에도 지식과 정보라는 페인트로 덧칠을 한다.

　아마 누구에게나 그렇겠지만 인생의 세월이라는 것은 정말이지 거짓말 같은 속도로 지나간다. 그 속도의 숫자가 나이의 숫자와 비례한다는 농담 같은 저 말도 실감이 난다. 10대는 시속 10킬로미터, 20대는 20킬로미터, … 50대는 50, 60대는 60 … . 점점 빨라지는 것이다.

　하버드의 한국인 연구자 모임이 있어 반가운 마음으로 나가보았더니 뜻밖에도 내가 최연장자였다. 기라성 같은 인재들이 '어른 대접'을 해주는 것이 고마우면서도 한편으로는 뭔가 익숙하지 않은 불편함이 느껴지기도 했다. 그 옛날 대학을 마치고 도쿄로 유학을 갔을 때, 나는 일행 33명 중 최연소자였다. 거기서 학위를 했을 때도 역시 최연소였다. 그 이후에도 그런 경우는 적지 않았다. 그런데 이제 그 모든 것들이 다 전설 같은 이야기가 되고 만 것이다.

그러다 보니 이제 그렇게 많이 들어오던 소위 '정년'이라는 것이 슬슬 남의 일이 아니게 되어 조금씩 이 말의 무게가 느껴져온다. 선배들 중에는 이미 이것이 현실이 된 사람도 있고, 친구들이나 동료들도 곧잘 이것을 화제 삼기도 한다.

화제의 중심은 결국 그때가 되면 '무엇을 할 것이냐'이다. '무언가'를 '하지' 않으면 하여간에 무언가가 곤란할 것이라고 모두들 이야기하니 아마 그럴 것 같기도 하다. 나도 아마 남들처럼 그렇게 '무언가'로 그 시간을 채워보려고 이것저것 궁리를 하게 되겠지만, 아직은 그냥 모든 것이 안갯속이다.

하지만 만일 내게 약간의 행운이 따라준다면, 나는 꼭 한 가지 해보고 싶은 일이 있기는 있다. 그것은 저 스칸디나비아의 어딘가로 가서 '오로라'라고 하는 것을 꼭 한번 보고야 말겠다는 것이다. 이왕이면 새하얀 눈밭, 푸르른 침엽수의 숲가에서.

"쳇, 돈도 안 되는…" 하고 누군가는 콧방귀를 뀔지도 모르겠지만, 나에게는 그것이 하나의 큰 '염원'이다. (그것은 한평생 고생한 내 눈에 대한 작지 않은 위로 혹은 선물이 될 수도 있을 것이다.) 물론 사진이나 이른바 '동영상'으로 그것을 본 적은 있다. 그러나 '현장'에서 '육안'으로 보면서 그 '분위기'를 느낀다는 것은 영상과는 근본적으로 그 차원을 달리한다. 그것은 '바다 한가운데'나 '구름 속'이나 '뉴욕의 맨해튼 한복판' 같은 데서 느끼는 그 무엇과 같은 종류다. 바로 그 현장에서 나는 '신비'라는 그 무엇을 직접 '체험'해보고 싶은 것이다.

신비…. 그렇다. 신비라는 것이다.

아주 예전에(1981년이었나?) 나는 일본 이즈반도의 한 계곡에서 밤을 지새우면서 하늘 가득 촘촘히 박혀 마치 쏟아질 것 같은 엄청난 별들의 바다를 온몸으로 체험한 적이 있었다. 그것은 정말 신비였다. 인간의 모든 빛들이 잠든 곳에서 비로소 온전히 드러난 그 자연의 빛들…. "내 위의 저 별하늘(der bestirnte Himmel über mir)" 운운한 칸트도 필시 그것을 보았으리라. 그런 '장엄함'은 베토벤의 '교향곡 9번'보다도 훨씬 더 거대한 스케일로 나를 통째로 '장악'해버렸다. 오로라는 나에게 그와 유사한 그 무엇으로 아직도 남아 있는 것이다.

오늘날 우리 시대의 인간들에게는 '신비'라는 것이 거의 사라지고 말았다. 수필가 L씨가 말했듯이 '어른의 세계'와 '이성의 세계'도 이미 그 신비를 상실해버린 지 오래되었고, 권력조차도 그리고 심지어는 종교의 세계에서도 우러러볼 만한 '아우라'는 지워지고 없다. 오늘날의 인간들은 이런 큰 상실을 상실인 줄도 모르며 그 불쌍한 피상성의 인생을 인간의 위대함인 양, 큰 발전인 양 착각하면서 자랑하고 있다.

내가 한평생 직업으로서 종사해온 철학조차도, 애당초는 존재와 자연 내지 세계의 신비에서 그리고 경탄에서 시작된 것이었건만, 언젠가부터 그것은 한갓된 '지(知)'의 화석으로 굳어졌다. 지금은 그마저도 아니고 하나의 '정보'로 전락했지만. 하버드에서 내가 가장 많이 들은 단어 중의 하나가 'argue' 혹은 'argument(논증)'였다. 그것은 마치 오늘날의 도구화된 철학을 상징하는 듯이 내게는 느껴졌다.

우리는 어떤 형태로든 그 '신비'를 신비로서 회복할 필요가 있다. 나에게는 '오로라'라는 것이 그 마지막 보루처럼 여겨진다. 오로라가 춤을 추는 그곳에서는 어쩌면 '이곳'이라는 것이, 우리가 살고 있는 이 '세계'라는 것이, 새로운 감각으로 우리에게 다가올 수도 있을 것이다. 거기서라면 '신비'라고 하는 저 가브리엘 마르셀의 철학적 개념도 고스란히 그 의미가 읽혀오지 않을까 기대된다. 거기에서 나는 그 오로라의 알 수 없는 창조자에게 탄복하면서, 한 조각의 진실된 경배와 기도를 올리고 싶다. 모든 직무에서 해방된 자유의 그 어느 날, 이제는 그다지 멀지도 않은 그 어느 날에.

영향의 이모저모

● ● 　진정한 가치는 각각의 자리에서 그 영향의 범위를 밝게 비춘다. 그것이 한 평이든 한 나라든 전 세계든 그 빛이 빛임에는 다름이 없다.

"안녕. 좋은 아침. 어떻게 지냈어요? 오늘은 춥네요. 학교 가세요? 이따 또 봐요."

그의 인사가 잠시 추위를 녹여준다. 보스턴에서 내가 살고 있는 아파트에는 'M'이라는 이름의 한 젊은 용원(?)이 있다. 인상도 선해 보이는 이 친구는 전등이며 창문이며 하수구며 가릴 것 없이 아파트에서 발생하는 온갖 문제들을 다 손봐주는 거의 만능 해결사라고 해도 과언이 아니다. 보아 하니 눈이 오면 주변의 눈도 치우고 재활용 쓰레기장도 관리를 하고 필요할 때는 페인트칠까지도 마다하지 않는 듯했다. 몇 차례 신세를 지면서 좀 미안하기도 해 작은 선물을 하나 건넸더니만 "이게 내 일이고 그게 내가 여기 있는 이유"라며 오히려 쑥스러워했다. 어느 날 일이 끝난 후 "당신 없이는 이 아파트에서 생활이 불가능하겠다"고 칭찬했더니, 어깨를 으쓱하는 미국인 특유의 제스처를 하며 웃음을 남기고 돌아나갔다.

아닌 게 아니라 그가 없으면 이 아파트의 몇몇 세대들은 당장 오늘이라도 막힌 하수구 때문에 샤워를 못하거나, 닫히지 않는 창문 때문에 추위에 떨거나, 깜깜한 부엌 때문에 저녁을 걸러야 할 수도 있으니 그의 존재는 결코 작은 것이라 할 수 없겠다.

그런데 일도 일이지만 이 친구는 성격이 좋아 언제나 환한 표정을 짓고, 만날 때마다 뭔가 한두 마디라도 꼭 인사말을 건넨다. 그래서 엘리베이터에서든 복도에서든 그를 만나는 날은 기분이 좋아진다. 기분이 좋아진 나도 누군가에게 따뜻한 인사를 건네게 된다. 한때 유행했던 소위 '행복 바이러스'를 그는 퍼트리고 다니는 것이다. 보아 하니 다른 사람들도 그를 만나면 대체로 표정이 밝아지는 것 같다. 이 아파트의 주민들은 그렇게 알게 모르게 그의 영향을 받고 있다.

생각해보면 사람이란 누구든 그리고 어떤 형태로든 주변 사람들에게 크고 작은 영향들을 주고받는다. 단순한 '주변'의 범위를 벗어나는 경우도 드물지 않다. 예컨대 엄마나 아빠는 말 한마디 행동 하나로 딸이나 아들에게 평생토록 지속되는 영향을 끼칠 수 있다. 회장님과 사장님의 경우는 사원들에게 혹은 고객들에게 만만찮은 영향을 줄 수가 있고, 정치인과 관료는 국민들의 삶에 결정적인 영향을 줄 수도 있다. 그리고 좀 거창한 이야기지만 예수 그리스도와 석가모니 부처는 2천년 넘게 전 인류에 대해 그 영향을 끼쳐왔고 앞으로도 그것은 오래도록 지속될 것이 틀림없다.

하지만 조금 철학적으로 생각해보면, 사람이 사람에게 끼치는 이 영향이라는 것은 그 종류도 범위도 천차만별이라서 그 본질을 가늠하는 것이 쉬운 일은 아니다. 생각이 많은 우리 철학자들은 어떻게든 말과 글을 통해 사회에 영향을 끼쳐보고자 애들을 쓴다. 하지만 그것도 참 쉽지는 않다. 그 노력의 거의 대부분은 강의실 밖까지 나가지도 못한 채 공중에서 흩어져버리는 것이 현실이리라. 나는 한때 그것이 몹시도 안타까웠다.

언제였던가? 누구였던가? "태어나서 남에게 월급을 주는 일을 해보지 못한 자는 진정한 남자라고 말할 수 없다"는 식의 이야기를 들은 적이 있다. 평생을 교단과 연구실에서 보낸 나는 그 말을 제법 아프게 받아들였다. 그 말은 실제로 그만큼의 무게를 지닌 말이기도 했다. 이병철이나 정주영 같은 분의 경우가 그렇지 않은가. 빌 게이츠와 스티브 잡스의 경우도 또한 그렇다. 나는 그런 식의 영향을 결코 과소평가하지 않는다. 하지만 "그게 다는 아니다"라는 것은 이 경우에도 여전히 유효한 나의 명제다. 무엇보다도 예수와 부처, 공자와 소크라테스를 생각해보라. 그들은 누구에게도 월급을 주지는 못하였지만, 그들만한 남자가 또 어디 있던가.

크고 광범위한 영향을 생각하자면 한도 끝도 없다. 그런 것은 아마도 상당한 운을 타고나거나 아니면 엄청난 노력을 한 사람에게만 주어지는 드문 영광이리라. 평범한 사람들은 최소한 주변에 나쁜 영향을 끼치지 않는 것만 해도 괜찮은 편이다. (나쁜 영향을 끼치는 자들도 얼마든지 있는 게 현실이니까.) 하지만 만일 거기서 한 걸음이라도 더 나아가 무언가 정말로 괜찮은 영향을 남기고 싶다면, 우리는 아마도 '자기'라는 것을 철저하게 관리하며 '무언가'로, '훌륭한 무언가'로 만들지 않으면 안 될 것이다. 스스로 노력해서 제대로 된 '자기'를 만들어나가지 않는 자는 말의 엄밀한 의미에서 그 어떤 '긍정적인 영향'도 타인에게 끼칠 수가 없다.

그런 다음에는? 그때는 세상이, 혹은 영향 받을 그 사람들이 알아서 하도록 맡겨두기로 하자. 예수와 부처, 공자와 소크라테스처럼 소위 '당대'의 인정은 못 받았지만, 진정한 가치는 스스로 알아서 그 영향의 범위를 넓혀나가게 마련이니까. 그것이 한 평이든 한 나라든 또는 전 세계든, 혹은 긴 역사든.

계절, 그리고 망각이라는 축복

●　● 　　적당한 망각은 "하늘 아래 새로운 것은 없다"는 그 하늘 아래서 끊임없이 새로움을 느끼게 해주는 묘약과 같다.

"Clifton Merriman Building…. 미국 사람들은 저렇게 꼭 건물에다가 '누구누구 빌딩' 하고서 이름 붙이기를 좋아하는 것 같아."

딸을 태우고 운전을 하다가 잠시 신호에 걸려 머무는 동안 눈앞에 들어온 케임브리지 우체국 건물을 보며 말을 건넸다. 그랬더니 딸이, "아빠, 그 이야기 벌써 세 번째야. 여기 지날 때마다 그 이야기 했잖아." 하며 좀 딱하다는 눈빛이었다. "아, 그, 그랬던가?" 하며 머쓱해진 나는 웃으면서 이렇게 응수했다. "사람이 이렇게 자꾸 잊어버린다는 건, 사실 축복인 거야. 그러니까 모든 일들이 돌고 돌면서도 항상 새롭게 느껴지는 거지. 인간관계도 그렇고 계절도 그렇고…." 곧바로 신호가 바뀌면서 딸의 그 다음 말은 듣지 못했다.

아닌 게 아니라 그건 그렇다고 나는 생각한다.

보스턴에 처음 도착한 것은 2월이었다. 며칠 후 잇따라 큰 눈이 왔고 그래서 이 도시의 첫인상은 흰색이었다. 영화『러브 스토리』의 장면 그대로였다. 추웠지만 워낙 아름다운 도시라 흰색을 걸친 길들을 산책하는 것도 나름 운치가 있었다. 그 눈이라는 것이 참 묘해서 녹기 시작하면 질퍽거리며 지저분하기가 이를 데 없다. 그런 길을 걷는 것은 참 싫은 일이다. 그러나 사람들은 그게 지나면 금방 그 사실을 잊어버리고 다음 눈이 내리면 또 "와, 눈이다!" 하며 좋아들 한다. 어느 정도의 망각이 없다면 해마다 되풀이되는 이른바 '첫눈'의 신선함은 없을 것이다.

그 눈이 완전히 사라지기도 전에 잔설의 한 켠으로 노란 수선화들이 피기 시작했다. 그리고 이어서 히아신스와 개나리, 민들레들도 얼굴을 내밀었다. 한동안 집 앞의 마당들은 꽃잔디, 금낭화 등등 온갖 꽃들의 경연장이었다. 그 봄의 절정은 흐드러지게 피었다가 멋들어지게 흩어져가는 벚꽃과 배꽃이었다. (묘하게도 멀리서 보면 벚꽃이 더 예쁘고 가까이서 보면 배꽃이 더 예쁘다. 나만의 감각일까?) 바람이 불 때마다 일제히 춤을 추며 떨어지는 그 무수한 꽃잎들은 정말 장관이다. 그러나 그것이 아무리 장관이더라도 그것이 무한정 계속된다면 우리는 과연 언제까지 그것을 '즐길' 수가 있을까? 그것은 이윽고 지나가고, 그리고 우리는 그 감각을 잊어버린다. 그리고 이듬해 봄, 새로운 감각으로 그 꽃들을 웃으며 맞이하는 것이다.

어느새 그 봄도 다 지나고 약간의 더위와 함께 라일락과 장미, 그리고 아카시아가 찾아왔다. 이들의 향기로 이 정도의 더위는 충분히 참아줄 수 있다. 해마다 요즘은 끔찍한 더위가 기승을 부리지만, 우리가 항상 그 감각을 기억하고 있는 것은 아니다. 그것을 일일이 다 기억한다면 그 다음의 가을도 겨울도 다 지옥일 것이다. 하지만 고맙게도 우리는 그것을 선선한 첫 가을바람과 함께 잊어버린다. 아마 이제 곧 파스텔빛의 수국들과 무궁화들이 소담스레 피어나 어린 달팽이들을 부르게 될 것이다. 우리는 그것이 작년, 재작년의 그것임을 '익히 알고' 있지만, 그것과 상관없이 새로 피어난 이것을 완전히 '새로운 감각으로' 반기는 것이다.

그런 감각으로 몇 달 후에는 노랗고 빨갛게 물든 단풍을 반길 것이고 어쩌면 봄날의 꽃잎보다도 더 멋있게 떨어지는 그 낙엽들을 보면서 새로운 감각의 '감상'에 젖어들 것이다. 찰스강과 함께 달리고 있는 저 '메모리얼 드라이브'의 가로수길에서 펼쳐질 그 낙엽의 향연이 벌써부터 기대된다.

생각해보면 참 묘하고도 묘한 것이 이 계절의 순환이다. 적당한 망각이 그것을 항상 새로운 것으로 만들어준다. 그것은 온갖 문학과 철학에게 영감을 불어넣어주는 원천이 된다. 일본인들은 그들의 독특한 형식인 '하이쿠'나 '와카' 같은 것으로 그것을 즐긴다. 우리에게도 『봄의 왈츠』, 『여름향기』, 『가을동화』, 『겨울연가』 같은, 세계에 자랑할 만한 작품이 있다. 한편 공자 같은 분은 "天何言哉 四時行焉 百物生焉 天何言哉(하늘은 어떻게 말하느냐. 사시가 행해지고 만물이 살고 있지 않느냐. 하늘은 어떻게 말하느냐)"라는 말로 그 사계절의 변화에서 '하늘'의 언어를 읽어내기도 한다.

아, 그런데 이 이야기는 언제 어디서 한 적이 없던가? 딸에게 한 소리 더 듣기 전에 잘 생각해봐야겠다. 있었던가? 없었던가?

드라마

● ● "모든 인간은 태어나면서부터 '보는 것'을 좋아한다." 이야기가 있는 볼거리는 더 좋아한다. 이야기란 오직 인간만이 즐길 수 있는 최고의 언어 형태다.

1960년대 초, 아직 꼬맹이였던 우리 친구들 사이에서 소위 '앙케트 놀이'라는 게 유행했다. 1번 '좋아하는 색깔은?' 2번 '좋아하는 노래는?' 3번 '취미는?' … 뭐 그런 식이었다. 그런 쪽지를 서로 돌리고 받아보며 즐기는 그런 것이었는데, 그때 '취미는?' 하는 질문이 꼭 있었고, 그것에 대해 대개 '독서'라는 대답이 많았던 게 왠지 '희미한 옛 사랑의 그림자'처럼 떠오른다.

아닌 게 아니라 나도 책 읽기를 제법 좋아했다. 그때 책이라고 하는 것이 주로 『소공자』, 『톰 소여의 모험』, 『15소년 표류기』 등 이야기책이었는데, 그것이 후에 『삼국지』, 『서유기』, 『홍루몽』 등을 거쳐 『데미

안』, 『파우스트』, 『햄릿』, 『부활』 등등 실로 다양한 소설로까지 이어져 왔다. 그런데 시대 탓인지 나이 탓인지, 몇 년 전 일본 고전인 『겐지이야기』를 재미있게 읽은 이래로 소설을 손에 잡는 일이 좀 드물어진 것 같은 느낌이 든다.

그런데 생각해보니 그런 소설들 대신에 나의 취미를 대체한 것이 하나 있는 것 같다. 그것은, 자랑은 못 되겠지만, 바로 '드라마'다. TV의 시대가 되었으니 뭐 특별히 이상할 것도 없겠다. '이야기'라는 기본 형식을 유지하면서 '영상'이라는 매력적인 요소가 추가되었으니 이게 재미가 없을 리 없다. (저 유명한 아리스토텔레스가 그 어려운 『형이상학』의 첫 장에서 맨 처음 하고 있는 말이 바로 "모든 인간은 태어나면서부터 '보는 것'을 좋아한다"는 것이었다.)

내가 드라마 팬이 된 하나의 계기는 '유학'이었다. 나는 어쩌다가 일본에 유학을 가게 되었는데, 한다고 한 일본어였지만 막상 현지에 도착해보니 도무지 말이 들리지가 않았다. 그래서 이를 악물고 우선 일본어를 해나갔는데, 그때 전략적으로 선택했던 것이 '드라마'였다. 이건 말을 잘 몰라도 대충 이야기를 알 수가 있고 보다 보면 다음이 궁금해 또 보게 되고 그러다 보면 같은 말에 자주 노출되면서 조금씩 귀가 트여갔던 것이다. 아무튼 그 덕에 '재미'를 알게 되었으니 어찌 보면 일석이조였는지도 모르겠다. 당시 1980년대 초는 일본이 자숙 속에서 최고의 호시절을 구가할 때라, 드라마들도 그 수준이 제법 괜찮았다. 그때 그곳을 아는 사람들은 공감하겠지만, 『3학년 B반 킨파치 선생』이나 『북쪽 나라에서』, 『건너는 세상은 마귀투성이』, 『금요일의 아내들』, 『못난이 사과들』, 특히 단막극 시리즈로 인기를 끌었던

『도시바 일요극장』 등은 지금도 많은 일본인들이 그리워하는 명작이었다.

그런데 그 드라마 왕국 일본을 단숨에 점령해버린 한국 드라마가 있었으니 그것이 저 유명한 욘사마 배용준과 지우히메 최지우의 『겨울연가』였다. 그 이후를 이영애의 『대장금』이 이어나갔고, 그에 따라 한동안 이어졌던 이른바 '한류' 붐은 이제 누구에게나 잘 알려져 있다. 내가 당시 현지에서 확인한 그것은 일종의 문화적 대사건이었다고 해도 과언이 아닐 만큼 대단한 것이었다. 일본의 수많은 가게와 채널들, 그리고 특히 '아줌마'들의 마음을 장악한 그 드라마들이 얼마나 자랑스러운 것이었던지…. 오죽하면 일본의 우익들이 이른바 '혐한'을 부추겨 그 열기를 잠재워야겠다고까지 생각했겠는가. 거기서도 느껴지듯이 '드라마'란 하나의 '위력'이었다.

이것이 '위력'이 될 수 있는 것에는 물론 여러 가지 요소들, 요인들이 있겠지만 가장 기본적인 것은 역시 '이야기'가 아닐 수 없다. 나는 장담하거니와 인간의 모든 언어 형태들 중 최고의 형태는 '이야기'라는 것이다. 시도 강연도 웅변도 연설도 설교도 토론도 다 좋지만, 사람들이 듣고서 가장 자연스럽게 솔깃해지는 것은 역시 이야기다. 그것이 사실이든 허구든 이야기라는 것에는 '삶'이 깃들어 있는 것이다. 어떤 이야기든 그것은 삶의 한 토막을 그려서 보여준다. 이야기를 하고 이야기를 듣는다는 이 현상은 그 자체로 이미 완결된 하나의 의미 체계다. 듣고서 어쩐다 하는 '그 다음'이 필요 없는 것이다. '교훈' 운운하는 것도 사실은 부차적이다. 듣고서 그냥 재미있거나 그냥 뭔가를 느낀다면 그것으로 이야기는 충분히 그 의미를 갖고, 그 역할을 다

한 것이다.

그런 점에서 드라마는 앞으로도 더욱 발전해갈 것이다. 우리나라가 그 특별한 능력을 갖고 있다는 것은 정말이지 자랑이 아닐 수 없다. 단, 한 가지 아쉬움이 없지는 않다. 그것은 우리의 드라마들이 이른바 '시청률'로 대변되는 인기에 급급한 나머지, 그리고 그것과 연계된 '수입'에 급급한 나머지, 영원히 남을 수 있는 '작품성'을 돌보지 않는다는 것이다. (이른바 막장 드라마들이 설치는 것은 그것이 우리 사회의 정신적 환경이라는 점에서 문제가 있다.) 소설의 경우가 잘 알려주듯이 진정으로 좋은 이야기들은 하나의 작품으로서 역사 속에 영원히 남게 된다. 특히 몇 년씩 그 인기를 이어가는 장편 시리즈의 부재가 개인적으로는 참 안타깝다. 예컨대 미국에는 1974년부터 1982년까지 이어진 『초원의 작은 집(*Little House on the Prairie*)』과 1972년부터 1981년까지 이어진 『월튼 가족(*The Waltons*)』이 있고, 일본에는 1981년부터 2002년까지 이어진 『북쪽 나라에서(北の国から)』와 1968년부터 1995년까지 이어진 『사나이는 괴로워(男はつらいよ)』가 있으며, 좀 다르긴 하지만 중국에는 수도 없이 리메이크된 『홍루몽(紅樓夢)』이 있다. 우리에게도 세계에 자랑할 수 있는 그런 '대작'이 하나쯤은 있었으면 좋겠다. 어디선가 누군가가 지금 이 순간 그것을 '구상'하고 있는지도 모르겠다. 기대된다. 정말. 정년퇴직 후에도 아내와 함께 그것을 보며, 90이 돼도 끝나지 않는 그것을 계속 보려고 차마 죽지도 못하는 그런 대작이….

윤리의 현장

●● 삶의 현장과 동떨어진 지식은 결국 땅에 뿌리박지 못한 식물과 같고 모래 위에 세운 누각과 같다. 그립다. 지식의 눈빛, 숨소리, 체온 그리고 발자국 소리.

웬만큼 학교교육을 받은 사람치고 '칸트'라는 철학자의 이름을 들어보지 못한 경우는 아마 드물 것이다. 『순수이성비판』 등 3대 비판서를 조금만 공부해보면 이 양반이 정말 대단한 학자라는 걸 인정하지 않을 수 없다. 그런데 그 어려운 철학 말고도 몇 가지 특이한 생활방식이 또한 이 양반의 '유명'에 일조하기도 한다. 이 양반은 평생 자기 고향 쾨니히스베르크(현재의 칼리닌그라드)의 십 리 바깥으로 나가본 적이 없다. 그리고 그야말로 독일 사람 답게 규칙적인 생활을 했는데, 정해진 시간에 하루도 거르지 않고 산책을 해서 동네사람들이 칸트가 지나가는 걸 보고서 시계를 맞추었을 정도였다고 하니, 그 엄격성을 충분히 미루어 짐작할 만하다. 이 양반은 또 정해진 시간에 사람들과 어울려 담소를 즐겼다고도 하는데, 어느 날 영국의 런던이 화제가 되었을 때 이 양반이 그곳의 이런저런 사정들을 워낙 잘 알고 있는지라 손님 중의 한 영국인이 "그런데 교수님은 언제쯤 런던에 살았었나요?"라고 물어볼 정도였다고 한다.

이 전설 같은 이야기를 들을 때마다 나 역시 그 양반의 박식함에 탄복을 하곤 했는데, 오늘은 문득 그 칸트가 좀 딱하다는 생각이 들었다. 아니, 그렇지 않은가. 그 양반이 런던에 대해 그렇게 많은 것을 그렇게 잘 알고 있었다 한들, 그것은 결국 '지식'일 뿐이 아니겠는가. 그 지식이란 것은 요즘 식으로 말하자면 '정보'로서의 효용은 분명히 지니겠지만, 실제로 런던에 가서 트라팔가 광장을 걸어가다가 기가 막힌 한 미인을 보았다든지, 타워브리지 바로 위에서 소나기를 만났다든지, 핸베리 가(街)의 파피즈(Poppies)에서 피시앤칩스(Fish and Chips)를 먹었다든지 하는 '경험'과는 차원이 전혀 다르지 않은가 하는 말이다. 실제로 런던에 가서 그 안개 낀 길을 걸으며 그 촉촉함을 두 뺨에 느껴보지 않은 자는 런던을 안다고 할 수가 없는 것이다.

내가 무슨 분석철학자는 아니지만, '런던에 관한 지식'과 '런던 그 자체'는 구별되어야 하지 않겠느냐고 나는 칸트에게 좀 질문을 던지고 싶다. (무고한 칸트에게 시비를 거는 것 같아 좀 미안하기는 하다.)

오늘 집에서 15분 거리인 MIT에서 윤리학 관련 컨퍼런스를 한다기에 가서 들어보았다. 충분히 흥미로운 여러 주제들이 활발하게 논의되긴 했지만, 대회장을 나오면서 나는 속으로 'And so what?(그래서 뭘?)' 하는 느낌을 지울 수가 없었다. 저 기라성 같은 교수님들께는 정말 죄송하지만, 그 논의들은 결국 윤리에 '관한 논의'들이지 윤리 '그 자체'는 아닌 것이다. 언젠가부터 우리의 학문은 그 '현장성'을 잃고 이른바 '지식' 속에 가두어져버린 것 같은 느낌을 지울 수가 없다. 현장에서 자라난 것이 아닌 지식은 결국 땅에 뿌리박지 못한 식물과도 같다. '윤리'라는 것은 특히 그렇다. '사람의 사람다움, 특히 사람에 대해 사람이 지켜야 할 올바른 행위의 방식', 그 실천적인 내용이 바로 윤리가 아니었던가.

나는 역사상 최고의 윤리학자들로 저 유명한 4대 성인, 공자, 석가, 소크라테스, 예수(가나다순)를 손꼽는 데 주저하지 않는다. 이들의 최대 공통점은 이들 모두가 평생을 '윤리의 현장'에서 지내며, '윤리 그 자체'를 직접 온몸으로 '살아냈다'는 것이다. '무지의 지', '영혼의 개선', '사랑', '자비', '어짊' 등이 다 그런 살아 있는 현장의 윤리들이었던 것이다.

제대로 윤리라는 것을 논의하려면 그 위인들이 왜 굳이 위험을 무릅쓰면서까지 그런 윤리적 언어들을 내뱉었는가를 뒤집어서 생각해 볼 줄 알아야 한다. 거기에는 정말로 알아야 할 것을 알지 못하고 알려고도 하지 않는 무지한 사람들, 조악한 세속적 가치들만을 지향하고 추구하는 저급한 영혼들, 신에 대한 불경과 인간에 대한 끝없는 증오와 해악들, 헛된 것들에 대한 모질고도 모진 집착들, 어질지 못하고 의롭지 못하고 무례하고 지혜롭지 못할 뿐더러 어디에서든 이름값도 못하는 인간들, 늙은이는 편안하지 못하고 친구들은 서로 믿지 못하고 어린이는 품어지지 못하는 기본이 안 된 세상, … 바로 이런 현장의 안타까운 현실들이 저 성인들로 하여금 집을 떠나 고난의 가시밭

길을 걷도록 만들었던 것이다. 그렇게 해서 사람이 제대로 사람다운 세상을 만들어보려 했던 것이 바로 그들의 '윤리 그 자체'였던 것이다. 그런 윤리들이 다 어디론가 가버리고 이제 그 껍데기인 '논의'들만 대학에 남아 이른바 '행사'를 장식하고 있는 것이다.

우리는 이제 한번쯤 숨을 고르고 지금 우리의 '논의'들이 도대체 '무엇'을 논의하고 있는지, 그 논의의 자리가 도대체 '어디'인지를 새삼스럽게 물어보지 않으면 안 된다. 제대로 된 학문, 제대로 된 논의는 끊임없이 그 '현장'을 되돌아볼 필요가 있다. 피아노 앞의 음악가, 캔버스 앞의 화가, 원고지 앞의 소설가처럼, 윤리학자는 이제 사람들이 뒤얽혀 사는 '세상'으로 나가서 인간들이 하는 짓거리들을, 저 말도 안 되는 짓거리들을 너무나도 태연히 저지르고 있는 꼬락서니를 지적하면서 그것을 '정상'으로 되돌릴 수 있는 '윤리'들을 살아 있는 언어로 '외쳐야' 하는 것이다. 인터넷만 보아도 이제는 세상이 다 보인다. 그 세상이 바로 윤리의 현장인 것이다. "바야흐로 윤리의 시대가 도래하였다"라고 나는 엄숙한 심경으로 선포하고 싶다. 보라, 사람 같지 않은 사람들이 세상에는 저리도 많지 않은가. 여기도 저기도, 나라 안팎을 가릴 것 없이….

영토

● ● 　한 나라의 크기는 땅의 크기만큼으로 다가 아니라 사람들의 생각의 크기
만큼 커질 수 있다. 커도 생각이 작으면 작은 나라고, 작아도 생각이 크면 큰 나
라다.

　벌써 옛날 이야기다. 예전에 도쿄에서 살고 있을 때, 친하게 지내던
한 일본 지인이 어느 날 무슨 이야기 끝에 이런 질문을 툭 던졌다. "일
본인들은 미국을 은근히 '아니키붕'(야쿠자 같은 조직에 속한 조직원
중 선배격, 소위 '형님')처럼 생각하는 경향이 없지 않아 좀 있는데,
혹시 한국이 일본을 생각할 때도 그런 경향이 있는가?" 하는 것이었
다. 좀 조심스러워하는 표정이 없는 것은 아니었지만, 나에게는 그 질
문이 너무나도 황당해 일순 내 안에서 어떤 지진 같은 것이 느껴졌다.
워낙 친했던 사람이라 그 질문도 아무런 격의 없이 했을 거라는 걸 모
르는 바는 아니었지만, 그런 질문 자체가 나에게는 너무나 충격적이

었다.

'아하, 일본인들에게는 아직 이런 의식이 존재하는구나. 식민지 지배의 잔재인가?' 생각하면서 나는 그때 대충 이런 대답을 해주었다. "일본인의 눈으로 보면 한국은 남한만을 의미할 테니까 일본의 한 4분의 1밖에 되지 못하고, 인구도 일본의 채 절반이 못 되고 하니 그런 터무니없는 짐작을 할지도 모르겠지만, 그건 한국이라는 것을 몰라도 너무 모르는 무지의 소치다. 우리 한국인들의 의식 속에서는 한국이라고 할 때 당연히 남북한을 합쳐서 생각한다. 그러면 덩치도 일본과 거의 엇비슷하다. 아니, 실은 중국의 옌볜이라고 하는 곳이 조선족 자치주라서 우리는 은근히 그곳을 아직도 북간도라는 한국의 일부로 생각하기도 하고 러시아의 연해주에도 소위 고려인들이 많이 살고 있으니 그곳조차 한국의 일부로 생각하기도 한다. 그뿐만 아니라 우리는 지금 비록 역사의 과정에서 중국에게 빼앗겨버렸지만 우리의 역사가 고조선과 부여, 고구려, 발해를 거쳐 왔다는 것을 잘 알고 있기에 적어도 의식 속에서는 그 만주땅 전체가 잠재적인 한국이라고 생각한다. 그러니 덩치로 볼 때 일본보다는 훨씬 더 큰 나라인 것이다. 반도의 절반이 절대 아니다. 게다가 인구도 남북한을 합치면 8천만, 해외동포들까지 합치면 뭐 일본보다 별로 적은 것도 아니다. 무엇보다도 우리 한국인들은 일본과 달리 세계 곳곳에 진출해 자리 잡고 있는 경우가 많다. 한국인들이 자리 잡고 사는 곳이라면 그것도 일종의 영토가 된다. 그렇게 보면 한국인의 마음속에 있는 가능적 영토는 사실상 전 세계를 커버한다. 더욱이 잘 알다시피 그 옛날 가야시대의 철기에서부터 한국은 언제나 일본에게 문화를 전수해준 역사가 있지 않느냐. 백제가 천황가와도 닿아 있다는 것은 일본인들도 잘 아는 대로다. 그런 점에서 솔직히 말하자면 한국인들은 일본인에 대해 선생 내지는 큰집이라는 의식을 갖고 있다는 것이 사실에 입각한 정확한 대답일 것이다.”

그런 나의 대답은 그가 나를 놀라게 한 것보다 아마 더 큰 충격으로 그를 놀라게 했던 것 같다. 아무튼 그것이 나의 대답이었다. 적어도 나로서는 그때 그런 대답을 할 수밖에 없었다. 그것은 한국인들이 가장 자주 언급한다는 소위 '자존심'의 문제이기도 했다.

그런데 그때 내가 잠깐 언급했던 그 옌볜이라는 곳을 나는 2011년에야 처음으로 가보게 됐다. 대학에서 학장이라는 일을 맡으면서 나는 그 옌볜대학과 학술교류협정이라는 것을 추진했고 그리고 성사시켰다. 내가 가본 옌볜은 참으로 정겨웠다. 그곳은 도시와 시골이 공존하는 듯한 독특한 느낌으로 다가왔다. 사람들은 더욱 정겨웠다. 옌볜대학의 관계자들은 한결같이 가슴속에 '따뜻함'이라는 것을 간직하고 있었고, 우리가 어느샌가 내다 버렸던 '순박함' 같은 것도 아직 갖고 있었다. 더욱이 거기에서는 '대륙'으로서의 여유 같은 것도 느껴졌을 뿐 아니라, 가까운 백두산을 오르면서는 웅비하는 기상이 내 피부로 스미는 것 같은 느낌도 분명히 느껴졌다. 그곳에 머무는 동안 내 가슴은 내내 어떤 설레임과 함께 뛰었다.

현실적으로 그곳이 '중국'임을 모르는 바도 아니고, 이른바 고토회복 운운할 수 있는 입장도 아니라는 것 또한 너무나도 잘 안다. 하지만 그곳이 '그냥 중국'이 아니라는 것 또한 분명한 사실이었다. 그곳에는 우리와 똑같은 말을 하는 우리의 형제들이 뿌리를 내리고 그들의 삶을 살고 있는 것이다. (내가 개인적으로 잘 아는 G교수는 원래 고향이 경남 진주라 했다.) 같은 피가 흐르는 동포들이 살고 있고 말과 글이 그대로 통하는 땅이 그 대륙의 한 모퉁이에 있다는 것은 하나의 큰 의미를 우리에게 열어준다. 그곳은 한국인의 삶에서 하나의 '가능성'으로 열려 있는 것이다. 한때 독일에 있었을 때, 오스트리아와 스위스를 다니면서 거기서 활약하는 많은 독일인들이 있음을 보고 (그리고 그 반대의 경우도 보고) 부러워한 적이 있었는데, 우리에게는 옌볜이 그런 곳이 되어줄 수가 있는 것이다. 앞으로 많은 한국인들이 옌볜으로 진출해 그곳을 무대로 활동하게 되기를 기대해본다.

휴일이라 모처럼 케임브리지 시내의 한 한국 식당에서 점심을 먹었는데, 도우미 아주머니의 말씨가 아무래도 그런 것 같아 말을 붙여보았더니 아니나 다를까 역시 옌볜 분이었다. 다녀온 이야기를 하니 너무나 반가워하며 잠시 그곳 이야기로 수다를 떨었다. 아주머니는 넌지시 김치 한 접시를 더 갖다주었다. 그 식당에서 그 옌볜 아주머니와 수다를 떠는 동안 나는 문득 예전의 그 일본 지인에게 한마디를 더 들려주고 싶었다. "보세요, 여기 미국에도 이렇게 한국 땅이 있다니까요. 비록 식당 한 칸이지만. 많다니까요, 세계 곳곳에 이런 곳이."

제2부 세상살이의 힘겨움

세계와 세상
악마와 싸우기
인간의 작품
"나는 싫은데요"
자연의 야누스적 두 얼굴
관상, 그 현실과 진실 사이
'그분들'의 의식주
이만하면 거의
불가항력
이런저런 죽음들
증오
채우기와 비우기
힐링
구원

세계와 세상

● ◦ 　세상이란, 우리가 온몸으로, 온갖 희로애락으로 경험하는 치열한 삶의
현장, 생로병사의 무대, 행복과 불행이 숨바꼭질하는 숲 속과 같다.

　대학교수의 삶에는 아닌 게 아니라 여러 장점들이 참 많은데 그중
에서도 가장 좋은 것 중의 하나가 몇 년에 한 번씩 해외 파견 연구년
을 가질 수 있다는 것이다. 사람에 따라 이 시간을 보내는 양상은 조
금씩 다르다지만 나의 경우는 꼭 파견 대학의 '강의'를 들어가본다.
수십 년 강단에 서서 말을 하기만 하던 사람이 다시 학생이 되어 남의
강의를 앉아서 들어보는 재미는 참으로 쏠쏠한 바가 없지 않다.

　이번 학기에는 나의 초청자인 K교수가 마침 나의 전공분야이기도
한 하이데거의 『존재와 시간』을 강독하기에 나는 매주 두 번 90분씩
이어지는 그 강의를 지각 한번 없이 들어가고 있다. 한국, 일본, 독일,

그리고 지금 미국에서 나는 하이데거 연구의 최고봉이라는 분들의 강의 내지 가르침을 직접 다 들어보았으니 이것도 드문 행운임에는 틀림없겠다. 나 자신도 하이데거에 관한 두툼한 연구서를 두 권씩이나 내놓은 바긴 하지만 배움에 있어 한계나 형식 같은 건 있을 수 없다.

내가 경험한 독일, 일본, 미국의 수업에서 한 가지 공통된 것은 적어도 그 수업에 관한 한 담당교수에게 전권이 있다는 것이다. 예컨대 제목은 그냥 '철학연습'이거나 아니면 Phil 139x 하는 식으로 아예 기호로만 제시된다. 내용은 교수가 하고 싶은 것을 알아서 한다. 이를테면 칸트의 『순수이성비판』을 강독하고 싶다면 그렇게 하면 된다. 그것을 처음부터 읽어나간다. 이번 학기에 100쪽까지 읽었다면 다음 학기에는 101쪽부터 200쪽까지, 또 그 다음에는 그 다음부터 읽어나간다. 이러니 학생들은 죽을 판이다. 201쪽부터 듣기 시작한 학생은 그 전의 200쪽을 혼자 알아서 공부하고 와야만 수업에 제대로 따라갈 수 있다. 하기야 그런 게 대학공부다. 수업이야 서로가 공부한 바를 토론하면서 확인하는 자리로 충분한 의미가 있는 것이다.

K교수는 이번 학기에 하이데거의 저 유명한 '세계-내-존재' 관련 부분을, 놀라운 실력을 과시하면서, 강독하고 있다. 후기 철학을 조금 더 선호하는 나로서는 그동안 상대적으로 좀 '경시'했던 이 부분을 다시 읽는 소중한 기회가 되고 있다. 나는 하이데거와 철학적인 문제의식을 전적으로 공유한다. 하지만 그렇다고 그의 폐쇄회로에 완전히 갇혀 한 치도 벗어나지 못하는 그런 입장도 아니다. 아쉬움도 불만도 없지는 않다. 세상의 수많은 철학자들도 각자 자신의 입장에서 하이데거에 대한 비판의 말들을 쏟아냈으니 나라고 그 자격이 없는 것은

아니리라.

내가 아쉬워하는 것 중의 하나는 그가 현존재 즉 인간존재의 존재구조를 분석하면서 인간의 '삶' 내지 '인생'이라는 것을 제대로 주제화시켜주지 않았다는 점이다. 누구보다도 그것을 잘할 수 있는 능력자요 거물이었기에 그만큼 아쉬움도 큰 것이다. 물론 그가 '세계'라는 것을 언급하면서, 인간 현존재가 그 안에서 함께 '살고 있는' '그곳'으로서의 세계라는 것을 언급해주기는 했다. 그리고 이른바 '세인'을 언급하면서, 우리 인간들의 일상적인 차원에서의 퇴락적 삶의 양상, 예컨대 수다, 호기심, 애매성 같은 것도 치밀하게 분석해 보여주기는 했다. 하지만 그럼에도 불구하고, 그것이 우리가 온몸으로 그리고 온갖 희로애락으로 경험하는 이 땀내 나는 치열한 삶의 현장, 삶의 무대로서의 '세상'을 제대로 지시해 보여주었다고 하기에는 턱없는 모자람이 있는 게 사실이었다.

'세상'이라는 것은, 우리 인간들이 태어나면서 그 안에 내던져지는, 거기서 자라고 성숙하고 별의별 현실적 인간관계와 이해관계 속에서 치열하게 경쟁하면서 이기고 지고 뺏고 뺏기고 이루고 놓치고 그러면서 온갖 희로애락을 겪으며 살아가다가 이윽고 거기서 떠나게 되는, 생로병사의 현장 혹은 무대, 삭막하면서도 살벌한 곳, 그러나 때로는 그 어디보다도 따뜻하고 아름다울 수 있는 곳, 가정과 학교와 직장과 국가들을 품고 있는 곳, 친구와 적들이 함께 있는 곳, 기막히게 아름다운 자연과 너저분한 쓰레기장이 함께 있는 곳, 재미있고도 따분한 곳, 여기저기 온갖 종류의 보물 같은 행복들이 흩어져 있고 또한 온갖 종류의 불행들이 지뢰처럼 도사리고 있는 곳이다. 바로 그런 곳이 우리가 '그 속에서' '살고 있는' 진정한 의미의 '세상'인 것이다. (물론 그것은 존재계 내지 우주로서의 세계, 국제사회로서의 세계도 당연히 포함한다.) 하이데거 자신의 수법을 빌려서 말하자면, 그는 비록 그것을 언급하기는 했으나 그것을 '인생론적인' 의미에서 충분히 명시적으로 전개하지는 않은 채 머무르고 말았다. 우리는 그 진짜 '세상'에서 전개되는 우리의 진짜 '인생'에 학문적, 철학적으로 접근하지 않으면 안 된다. 하이데거의 '존재'는 철학의 초창기에 빛났다가 묻혀 있었고 그것을 하이데거가 되살려냈지만, '인생'과 '세상'이라는 이 주제는 그 최고의 중요성에도 불구하고 아직 제대로 학문적, 철학적 대상이 되는 기회를 얻지 못했다. 누군가 그것을 해주지 않는다면 나라도 그 작업을 해야겠다고 나는 이곳 하버드에서 마음을 다잡고 있다.

오늘의 수업에서 K교수는 며칠 전 에머슨홀 305호에서 있었던 컬럼비아대학 TC교수의 초청강연 '… 사람의 존재'를 소개하면서 그가 말한 '삶의 길'을 통해 하이데거가 말한 '현존재'를 넘어서야 할 어떤 가능성을 언급했다. 그 말을 들으며 나는 고개를 끄덕였고 혼자 조용히 미소지었다.

수업이 끝나고 다른 일로 그와 잠시 대화를 나눴는데, 그는 뜻밖에 "항상 열심히 나와서 미소 띤 얼굴을 보여주시는 게 너무 고맙다"고 인사를 했다. 그는 나보다도 더 환하게 웃고 있었다. 실력뿐만 아니라 인품도 느껴지는 그가 이 하버드의 철학강단을 지키고 있다는 게 참으로 부러웠다. 그의 덕분으로 여기서 이런 수업을 듣고 이런 글을 쓸 수 있다는 게 나는 오히려 너무 고맙다. 하버드의 교정에는 지금 단풍이 너무 예쁘다. 그러고 보니 여기도 '세상'의 한 조각이다.

악마와 싸우기

● ● ●   악마는 닌자처럼 숨어 있다가 게릴라처럼 나타나 우리의 선과 행복을 공격해온다. 우선은 버티며 기다릴 것. 연후에 천사들과 연대해 이겨낼 것.

사람이 인생을 살다 보면 '이거 혹시 악마의 장난질 아닌가?' 하는 생각이 드는 경우가 적지 않게 있다. '이 개명 천지에 그 무슨 황당한 …' 하고 누군가는 흰 눈을 뜰지도 모르겠지만, 그 개명 천지라는 것 자체가 철학적으로 보면 알 수 없는 신비 그 자체이니 악마의 장난질 같은 것이 실제로 있는지도 모를 일이다.

한번 생각해보자. 성서에 보면 사탄이라는 이름의 악마가 등장한다. 이 자는 뱀의 모습으로 이브를 유혹하여 인류를 원죄에 빠트리기도 했고, 신약에서는 황야에서 고행하는 예수를 감히 시험하려 들기도 한다. 밀턴의 『실낙원』에는 좀 더 자세한 묘사가 등장하고 그것은 귀스타브 도레의 그림으로도 엿볼 수 있다. 저 유명한 괴테의 『파우스트』에서는 메피스토펠레스라는 이름으로 나와 영혼과 쾌락을 맞바꾸는 음산한 거래를 하기도 한다. 그리고 조금 그 범위를 넓게 본다면 저 인어공주에게 인간의 다리를 주는 대신 목소리를 빼앗고 결국 파도의 물거품으로 사라지게 한 것도 역시 악마의 짓이라 할 수 있겠다. 그거 다 그냥 '이야기'가 아니냐고? 그야 그렇다. 하지만 왜 그런 이야기가 나오겠는가? 성서가 어디 보통 책이며 밀턴과 괴테 그리고 안데르센이 어디 보통 사람들인가? 그만한 뭔가가 현실세계에 있으니까 그런 이야기들도 나오는 것임을 우리는 알아야 한다.

현실세계에는 명백히 선악이라는 것이 존재한다. 물론 그것을 무 자르듯 명쾌하게 이쪽과 저쪽으로 나누는 것은 간단치 않다. 악은 얼마나 그럴듯하게 선을 가장하던가. 그것을 판별하기 위해 철학에는 윤리학이나 정의론 혹은 도덕철학 같은 것이 존재하는 것이다. 아무튼 선악 그 자체의 존재는 그 누구도 부인할 수 없다. 이른바 '불운'을 포함해 '좋지 못한 그 무엇'을 뭉뚱그려 악이라고 한다면 그런 것은 이 인간세상에 만연해 있다. 우리의 인생은 끊임없이 그런 '좋지 못한 일'에 휘말린다. 개인의 경우도 그리고 사회의 경우도. 바로 그런 악을 야기하는 알 수 없는 어떤 나쁜 존재를 우리는 악마라고 부르는 것이다.

살다 보면 '좋은 일'들도 없지는 않다. 그런 것이 불쌍한 우리 인간들로 하여금 거칠고 험한 이 세상을 그나마 웃으며 건너가게 만들어준다. 하지만 그 좋은 일이 주는 행복감이 도대체 얼마 동안이나 지속이 될까? 일정한 시간이 지나면 하여간에 어디선가 악마가 나타나 장난질을 치면서 이런저런 일들로 가차 없이 그 행복감을 거두어간다. 그는 우리 인간이 선하고 행복한 꼴을 도무지 용납하기가 싫은 듯하다. 착하고 성실하게 살아가는 사람에게도 온갖 수단으로 그를 유혹하거나 혹은 괴롭히거나 하며 그 착함 내지 행복을 훼손하려 든다. 그것을 유지하기 어렵도록 힘든 일들과 상황을 만들어내는 것이다. 그런 것을 우리는 시련이라고 부르기도 한다. 그런 일들은 시간적으로나 공간적으로나 보편적이다. 언제나 어디서나 악마들은 게릴라처럼 나타나 그 장난질을 멈추지 않는다. 대부분의 경우 그것은 닌자처럼 숨어 있어 끝내 그 정체를 드러내지 않지만 때로는 구체적인 '인간'을 통해 아예 대놓고 사악한 짓들을 자행한다.

그럴 때 우리는 대체 어찌해야 하나? 어떤 이들은 악마의 위력에 그냥 굴복하거나 좌절해버리고 불행의 늪에서 허우적댄다. 또 심지어는 그 스스로가 악마의 휘하에 들어가 또 다른 악마의 탈을 쓰기도 한다. 그게 아니라면? 그렇다면 싸울 수밖에 없다. 싸워서 그 악마를 이겨내지 않으면 안 된다. 그 중간은 없다. 우리는 힘이 다할 때까지, 혹은 삶이 다할 때까지 이 악마들과의 싸움을 멈출 수 없다. 그러면서 선과 행복을 지켜내지 않으면 안 된다. 그것은 일생의 과제가 된다.

빨리 그 '어떻게'를 말해보라고? 보채지 마시라. 난들 그 대답이 쉽겠는가. 인문학자로서 내가 할 수 있는 말은, 고전 속에서 그 답을 각자가 찾아보라는 것이다. 예수는 어떠했으며 부처는 어떠했는지, 소크라테스와 공자는 어떠했는지. 고전 속 여기저기에 그 답이 보석처럼 숨어 있다. 그 답을 찾기 전까지, 만나기 전까지는, 우선 마음의 무장을 권하고 싶다. 악마의 장난질이라는 느낌이 드는 '어려움'이 찾아

왔을 때, 우선은 주저앉지 말고, 엉뚱하게 주변의 누군가를 탓하면서 불행을 키우지 말고, 그것을 객관화시켜보며 각오를 다지라는 것이다. '흠, 이 녀석이 또 왔군. 또 나대는구먼.' '어디 한번 붙어볼까?' 하는 자세로, 마치 폭풍을 만난 거목처럼, 아니 바위처럼, 그것이 지쳐 지나갈 때까지 버텨보는 것이다. 행복도 금방 지나가지만 어려움도 언젠가는 지나가는 법. 일단은 버티기가 필요한 순서다. 그렇다면 그 다음은? 그 다음은 누군가의 도움을 받아보는 것이다.

세상은 악마들의 독무대가 절대 아니다. 많고 적음은 모르겠지만 세상에는 천사들도 분명히 돌아다닌다. 때로는 자신의 마음속에도 깃들어 있고 때로는 가족의 모습으로 때로는 친구의 모습으로 또 때로는 전혀 예기치 않은 누군가의 모습으로 천사는 살짝 그 빛나는 은빛 날개를 펼쳐 보인다. 어쩌면 산이나 강 같은 자연이 곧 천사일 수도 있다. 찾아야 한다. 만나야 한다. 어떻게든 찾아내 그 따뜻한 손을 잡아야 한다. 그리고 함께 악마를 이겨내는 것이다.

어쩌면 바로 당신의 손이 그 천사의 손일지도 모른다. 누군가는 바로 그 손을 지금 현재 간절히 기다리고 있을지도 모른다. 악마의 장난질에 맞서기 위한 든든한 지팡이로서, 혹은 무기로서, 구원으로서.

인간의 작품

● ●　　"그리고 하느님 보시기에 좋으셨다." 인간의 아름다운 문화와 예술에 대해 「창세기」의 이 말은 여전히 유효한 그 무엇이다.

　　나는 하이데거의 존재론을 전공한 탓인지 한평생 존재, 자연, 진리, 세계 그 자체라는 것을 기회 있을 때마다 강조해왔다. 이 현상 그 자체의 엄청난 신비에 대한 경탄의 마음은 지금도 물론 전혀 달라진 것이 없다.

　　그런데 그게 언제였더라? 언젠가 강의시간에 존재 내지 자연의 경이로움에 대해 열변을 토한 뒤 연구실로 돌아왔는데, H라는 제자가 찾아오더니 머뭇거리며 '질문'을 하나 꺼내놓았다.

　　"칸트는 '사물 자체'라는 것이 생각할 수는 있지만 인식할 수는 없다고 했는데, 인식이 사물의 존재를 보증하는 거라면 그 인식의 주체인 인간 없이는 세계도 결국 그 존재를 담보할 수 없는 것 아닙니까? 그렇다면 결국 인간이 세계보다 우위에 있는 것 아닙니까?"

대충 그런 내용이었다. 그때 나는 쉬지도 못하고 하이데거의 소위 '기초존재론'과 '휴머니즘론'을 동원해가며 인간과 세계에 관한 또 한 시간의 강의를 하고 말았다.

그때 그 질문을 계기로 나는 무릇 존재라고 일컬어지는 것의 두 종류와 그 두 가지 연원을 처음부터 구별해주는 전략을 채택하고 있다. 즉 인간에 의해 그 존재를 얻게 된 것들과 인간이 아닌 어떤 것에 의해 그 존재를 얻게 된 것들. 혹은 인간에게 인지된 것으로서의 존재와 존재 그 자체로서의 존재. 전자의 연원은 당연히 인간이고, 후자의 연원은 경우에 따라 신으로 설명되기도 하고, 혹은 우연, 혹은 그냥 자연이라고 설명되기도 한다.

나는, 비록 후자를 내 거의 평생을 바쳐 강조해오기는 했지만, 그렇다고 전자의 의의를 완전히 몰수하는 반인간주의에는 절대 찬성하지 않는다. 인간은 알 수 없는 그 어떤 존재 X로부터 부여받은 그 특별한 능력으로 이 지상에 소위 엄청난 '인간의 성'을 구축해왔다. 칸트나 나의 제자 H가 말했던 이른바 '인식'과 그 연장선에 있는 '학문'의 세계도 그중의 하나다. 그런데 어디 그뿐이던가. 나는 무엇보다도 인간이 이룩한 온갖 종류의 문화들, 특히 건축과 예술의 세계를 너무너무 높이 평가하며 애호해 마지않는다.

그 첫 번째 계기가 된 것은 미국 뉴욕의 맨해튼이었다. 20여 년 전 처음 그곳을 방문하여 그 한복판에 두 발로 서게 됐을 때, 나는 일종의 경이로움으로 탄식을 했다. 영화 같은 데서 익숙히 보아오던 광경이었지만 '현장'에서 육안으로 보는 느낌은 전혀 달랐다. 인간들이 대지 위에 심어놓은 그 엄청난 빌딩의 숲…. 그것은 정말 대단한 '존재'임에 틀림없었다. 그런 경외감은 파리나 로마 등 유럽의 도시들을 돌아다니며 조금 다른 느낌으로 그러나 비슷하게 느껴보기도 했다. '도시의 미학'은 내가 100년 후, 500년 후의 한국을 위해 위정자들에게 당부하고 또 당부하고 싶은 정책 건의 1순위에 속한다. "모든 건축물은 아름다워야 한다"는 것을 나는 소위 건축법 제1장 제1조에 명기해야 한다는 입장이다. 그것이 언젠가는 '관광'의 대상이 되어 그들이 그토록 강조하는 '경제'와도 연결되리라는 것을 잘 모르는 것일까? 모든 도시에는 반드시 '심미위원회'가 설치되어 도로 하나, 다리 하나도 '작품'이 될 수 있도록 만들어나가기를 나는 기대해 마지않는다.

'예술'이라는 존재도 그 위대함은 결코 건축에 뒤지지 않는다. 예컨대 생 상스의 '동물의 사육제' 중 '백조' 같은 것은 조금 과장하자면 실제의 백조 그 자체보다도 더 아름답다. 자연의 그 어떤 소리도 슈베르트의 세레나데처럼 사람의 가슴을 아리게 만들어주지는 못한다. 나는 컴퓨터 안에 한 100곡쯤의 음악 파일을 가지고 있는데, 이것들이 나의 시간들을 얼마나 아름답고 풍요롭게 만들어주는지 아마 적지 않은 사람들이 짐작하고 또 공감하리라고 나는 믿어 의심치 않는다. 제(齊)나라에서 '소(韶)'라는 음악을 듣고 석 달 동안 고기 맛을 잊을 정도였다는 공자도 아마 그 공감자 중의 한 명이 틀림없을 것이다.

그림은 또 어떠하며 조각은 또 어떠한가. 온갖 종류의 디자인들은 또 어떠한가. 영화는 또 어떠한가. 나는 그 무수한 'Made by Human'(인간 작)을 '위대하다'는 말로 표현하기를 주저하지 않는다.

이 아름다운 세계를 온통 쓰레기장처럼 만들고 있는 저 추악하고도 추악한 인간들이 저토록 많음에도 불구하고 신이 차마 이 세상을 끝내 버리지 못하는 것은 바로 저 위대한 인간들에 의한 위대한 작품들을 신 또한 아끼고 계시기 때문이 아닐는지. 저 오래된 성서에 기록된 것처럼, "그리고 하느님 보시기에 좋으셨다"고 하는 말을 우리는 지금도 그리고 앞으로도 계속 유효한 것으로 만들어나갈 어떤 의무가 있는 것은 아닐는지. 저 혹독한 자연에도 불구하고 이 드넓은 아메리카 대륙 곳곳에 아름다운 건물과 다리와 거리를 만들어놓은 인간들을 보면서 나는 얼핏 그것을 굽어보시는 신의 눈길 같은 것을 한번 생각해본다.

꽃빛도 고운 오늘 같은 봄날은 그 모든 것들이 자연과 어울려 더한층 아름답게 빛나고 있다. 바야흐로 5월이다. 「놀랍도록 아름다운 오월에」라는 하인리히 하이네의 시작품도 함께 빛난다.

놀랍도록 아름다운 오월
온갖 꽃봉오리들 피어날 적에
그때 내 마음속
사랑도 함께 피어올랐네

놀랍도록 아름다운 오월
온갖 새들이 노래할 적에
그때 나는 그대에게 고백했다네
나의 동경과 그리고 갈망을

"나는 싫은데요"

　　싫은 것과의 대결이 사실상 인생의 거의 반이다. '싫다'가 '좋다'로 되기는 난망이지만 '싫다!'만이 마지막 선택이 될 수도 없다.

아루굴라가 몸에 좋다기에 열심히 샐러드를 만들어 딸에게 권했는데 "나는 드레싱이 싫다"며 먹으면서도 영 내키지 않는 모습이었다.

사람에 대해 그리고 삶에 대해 뭔가 진실을 말하는 것이 철학자의 의무라면, 이런저런 불편을 무릅쓰고서라도 이 '싫다'는 현상에 대해 한 마디 안 할 수 없다. 왜냐하면 무언가가 싫다는 것, 특히 '나는 그 것을 싫어한다'는 것은, 무언가가 좋다는, 무언가를 좋아한다는 저 아름답고 따뜻한 현상보다 실은 훨씬 더 광범위하고 훨씬 더 강렬하고 또한 실질적인 그 무엇이기 때문이다. 이를테면 모든 사람들이 싫어하는 '고통'이라는 것을 생각해보면 이 점이 가장 확실하게 드러난다.

쇼펜하우어의 이른바 『인생론』을 읽어본 사람은 그의 저 너무나 인상적인 발언을 기억할 것이다. "고통이 기쁨보다 더 적극적이라는 것은 잡아먹히는 자의 고통과 잡아먹는 자의 기쁨을 비교해보면 바로 알수가 있다." 언젠가 TV에서 『동물의 왕국』을 보다가 사자가 사슴을 잡아먹는 장면에서 그의 이 말을 떠올린 적이 있다. 진리가 아닐 수없다. 사슴에게는 사자에게 물어뜯기는 그 일이 얼마나 끔찍하게 싫겠는가.

우리들의 삶에서는 이것이 이런저런 연유로 묘하게 덮여 있어서 그렇지, 작정을 하고서 한번 들추어보면 싫어하는 것은 정말이지 많아도 여간 많은 게 아니다. 내가 아는 누구는 고추와 고춧가루를 엄청 싫어하고, 누구는 당근을 그렇게 싫어하고, 누구는 시끄러운 것을 못 견디게 싫어하고, 누구는 추운 것을 너무나 싫어하고, 누구는 시험을 몸서리나도록 싫어하고, 누구는 햇빛을 싫어하고, 지는 것을 싫어하고, 잔소리를 싫어하고, 뱀을 싫어하고, 쥐를 싫어하고, 바퀴벌레를 싫어하고, 가난을 싫어하고, 무엇도 싫어하고 무엇도 싫어하고 무엇도 또 싫어한다. 참 한도 끝도 없다.

이런 현상의 가장 원초적인 모습은 아마도 어린 시절의 저 '울음' 속에 있을 것이다. 이를테면 아기는 배고픈 게 싫거나 축축한 게 싫거나 아픈 게 싫거나 해서 빨리 그 문제를 해결해달라고 보채며 울어댄다. 우리의 인생은 그렇게 이 '싫음'과의 대결로 시작되는 것이다. 그런 대결은 살아가면서 그 양과 질을 엄청난 속도로 증가시키며 우리를 힘들게 하고, 이윽고 가장 싫은 일인 죽음과의 대면으로까지 이어진다. 그게 불쌍하고도 불쌍한 우리네 인생의 실상인 것이다.

그 많고 많은 싫은 것 중에서도 우리를 가장 불편하게 그리고 힘들게 하는 것은 바로 '사람'이 아닐까 한다. 사람에게 가장 좋은 것도 사람이지만, 사람에게 가장 싫은 것 또한 사람인 것이다. 사람이 사람에게 온갖 싫은 일들을 야기해온다. 어렸을 때는 놀리거나 괴롭히거나 따돌리거나 때리거나 하는 식으로 우리를 싫게 만들고, 나이가 들면 경쟁으로, 그리고 때로는 절도, 사기, 폭력, 강도, 강간 등등 온갖 범죄로, 그리고 부정과 불의, 또 때로는 침략이나 전쟁으로, 우리를 극단적으로 싫게 만든다. 그런 과정 속에서 개인이 개인을, 혹은 집단을, 그리고 국가까지도 싫어하게 되는 것이다.

　구조가 이러할진대 우리가 이 싫은 것들과 그것에 대한 싫어함을 완전히 피해갈 수는 없다. 따라서 최대한 그것을 줄여나가는 것이 인생의 필수적 과제가 된다. 어쩌면 그 과제 수행이 우리네 실제 인생의 일부인지도 모르겠고 또 정치와 철학의 일부인지도 모르겠다.

　그런데 미국에 살면서 한국을 건너다보면 우리 사회에서는 '싫어한다'는 이 현상이 마치 파도처럼 넘실대고 있는 것 같아 우려스럽다. 좌우, 상하, 동서, 남북, 서로가 서로를 너무나 싫어한다. 나는 개인적으로 사람들이 그렇게 서로 싫어하는 것이 너무나 싫다. 더욱이 요즘은 그 싫어함의 표현이 노골화되고 흉포화되고 있어 그것도 싫다. '참을 수 없는 존재의 거칢'이 한국사회에 전염병처럼 창궐하고 있는 것이다.

　싫어하는 대상이 반성하고 문제가 해결되면 나도 싫어함을 거두겠다고 사람들은 말하겠지만 그것은 백년하청, 쉽지 않은 일이다. 그렇다면 내가 먼저 그 싫어함을 줄이는 것은 불가능할까? 물론 기본적으로는 문제 자체의 해결이 최선이지만, 사안에 따라서는 나의 양보 내지 용서가 오히려 문제의 해결에 도움이 될 수도 있지 않을까? 세상을 몰라도 너무 모르는 순진한 발상일까? 악한 기득권자들은 바로 그런 것을 기다린다고 누군가는 비판을 가해올까? 그렇다면 저 예수는 왜 그런 이야기를 한 것일까? 그는 일흔 번씩 일곱 번이라도 용서하라고 가르치지 않았던가. 싫어하기는커녕 원수까지도 사랑하라고 가르치지 않았던가. 그런데도 많은 사람들은 그를 따르지 않았던가. 나이가 들수록 참으로 그가 돋보인다. 혐오와 증오는 문제를 키워나갈 뿐 결코 그 문제를 해결해주지는 않는다. (물론 예수처럼 불의에 분개하는 것은 필요하리라.)

지금 우리는 무엇을 싫어하는가? 누구를 싫어하는가? 그것에, 그에게, 정말 싫어할 수밖에 없는 불가피한 이유가 있는 것일까? '나는 싫다!'가 마지막 선택이며 마지막 순서일까? 그것을, 그를, 좀 '봐줄 수 있는 여지'는 전혀 없는 것인가? 한번쯤은, 좀 큰 눈으로 세상을 둘러보기로 하자. 단풍도 고운 가을이니까.

딸에게 다시 한 번 샐러드를 권해봐야겠다. 드레싱은 빼고.

자연의 야누스적 두 얼굴

● ◉   자연은 인간에 대해 '이중적'이다. 한쪽 손에는 꽃을 들고서 다른 손에는 불칼을 쥔다. 인간도 두 개의 눈과 두 개의 손을 가져야 한다.

뉴스를 보니 거대한 토네이도가 오클라호마를 덮쳐 24명이 죽고 도시를 완전히 쑥대밭으로 만드는 등 엄청난 피해를 낸 모양이다. 집들과 차들이 휴지처럼 구겨진 그 처참한 영상을 보며 나는 소위 '자연 대 인간'이라는 구도를 새삼 생각해보지 않을 수 없었다.

철학자 하이데거는 '자연 대 인간'이라는 이러한 대립구도가 근대적 사고의 산물이라고 알려준다. 원래 자연의 일부였고 스스로도 그렇게 생각했던 인간이 근대 이후 자연을 '극복'해야 할 '대상'으로 설정하고 거리를 취하면서 객관화하고 거기에서 소위 '계산적 사고'라는 것이 생겨났다는 것이다. ("자연은 복종함으로써 극복된다"는 프

랜시스 베이컨의 말은 그 시대의 한 조각을 보여준다.)

나는 기본적으로 하이데거와 한통속이다 보니 그런 근대화의 과정에서 인간들이 망각해버린 '근원적 사유'와 그 '원천'인 자연 내지 존재 자체의 경이로움을 강조하는 입장이지만, 근대인들의 그러한 객관적 태도와 탐구적 노력에 대해 경의를 표하는 것도 인색해서는 안 된다고 생각한다. 우선 무엇보다도 그러한 것이 이른바 자연과학을 발전시키고 거기서 기술과 산업이 발달하여 지금과 같은 편리한 세상이 도래할 수 있었다는 공로를 인정하지 않을 수 없기 때문이다. 의학의 경우를 생각해보면 특히 그렇다.

이중적이 아니냐고? 모순이 아니냐고? 하기야 그렇지 않다고도 할 수 없겠다. 하지만 나는 이러한 이중성이나 모순은 '필요한 이중성'이며 '필연적인 모순'이라고 말하고 싶다. 아니, 어떤 점에서는 '운명적인 모순'이라고 말해야 할지도 모르겠다. 왜냐하면 자연 그 자체가, 마치 인간관계가 그런 것처럼, 우리 인간에 대해 근원적으로 '이중적'이기 때문이다. 그것은 '경이롭고, 아름답고, 고마운' 존재인 동시에 '무섭고, 난폭하고, 가혹한' 존재이기도 하기 때문이다. 우리는 이 모순된 양면의 '동시성'을 인정하지 않을 수 없다.

나의 이런 '철학'은 내 어린 시절의 낙동강에서 잉태되었다. 낙동강이라고 하는 자연은 당시로서는 어떤 절대적인 아름다움 그 자체였다. 맑고 시원한 강물과 눈부신 금빛으로 반짝이는 드넓은 백사장. 그리고 강 언덕의 그 싱싱한 초록과 선선한 강바람. 그 위의 하늘과 구름. 그것은 마치 어머니의 품과도 같이 어린아이들의 마음을 포근히 품어주었다. 그러나 그 동일한 강이 여름철 장마 때가 되면 돌연 거대한 '물덩어리'가 되어 난폭하게 온갖 것들을 휩쓸어갔다. 가끔씩은 무너진 집의 잔해나 꿀꿀거리는 돼지들도 떠내려갔다. 아름다움에 일조하던 포플러들도 여지없이 쓰러지고 모래사장은 흙탕물 속에 잠겨버렸다. 도저히 그 누구도 손쓸 수 없는 폭군이 거기 있었다. 그것이 곧 자연이었던 것이다.

그런 양면이 어디 낙동강에만 있겠는가. 자연에는 따뜻한 봄과 선선한 가을이 있는 동시에 또한 찌는 듯한 여름과 살을 에는 겨울이 동시에 있다. 나는 난생처음 부산의 해운대에서 목격했던 그 아름답고 잔잔한 바다와 역시 난생처음 남해에서 만났던 그 무시무시한 폭풍우의 밤바다가 똑같은 바다였음을 잘 알고 있다. 그리고 좀 극단적일지는 모르겠으나 모든 생명의 근원이 되는 저 태양이 또한 동시에 모든 생명을 태워 죽일 수도 있는 불덩어리라는 사실도 우리는 알아야 한다.

자연은 그렇게 이중적이다. 따라서 그 야누스적인 두 얼굴에 대해 우리 인간들 또한 두 개의 얼굴을 갖지 않으면 안 된다. 자연의 아름답고 신비로운 얼굴에 대해서는 '경탄'과 '감사'를, 그리고 무섭고 난폭한 얼굴에 대해서는 '경계'와 '극복'을. 이른바 시를 비롯한 문학, 그리고 철학이나 종교는 전자의 온유한 얼굴에 해당할지도 모르겠다. 그리고 과학이나 공학, 그리고 기술 같은 것은 후자의 강인한 얼굴에 해당할지도 모르겠다. 자연 앞의 우리에게는 때로 $E = mc^2$(아인슈타인) 같은 언어도 필요하겠고, 때로는 "오오 찬란하도다. 자연의 빛. 해는 빛나고 들은 웃는다. 가지들마다 꽃들은 피고 떨기에서는 새들의 지저귐. 넘쳐터지는 가슴의 기쁨"(괴테) 같은 언어도 필요하리라. 보

라, 바로 지금 똑같은 오월, 보스턴에는 집집이 라일락의 꽃향기 가득
한데, 저기 저 오클라호마에서는 토네이도가 온 도시를 날려버리지
않았는가. 바로 이것이 자연인 것이다. 더도 덜도 아닌 바로 그 두 얼
굴의 야누스적 자연….

관상, 그 현실과 진실 사이

● ● 　잘 타고났다고 방심하지 말 것, 못 타고났다고 낙심하지 말 것. 우리에게는 아직 완성되지 않은 나머지 50퍼센트가 남아 있다.

　일본이 세계에 자랑하는 『겐지이야기(源氏物語)』라는 고전소설이 있다. 첫 기록이 1001년이니까 무려 천 년도 더 된 작품이다. 이 소설에 보면 고구려의 관상가(高麗の相人)가 등장해 주인공인 어린 겐지의 관상을 보고 그의 운명을 바꿔놓는 데 결정적인 역할을 하는 장면이 잠깐 나온다. 소위 '관상'이라는 것이 적어도 우리 동양세계에서는 상당히 그 역사가 오래되었음을 알려주는 증거가 된다. 중국에서는 '相面(샹몐)', 일본에서는 '人相見(닌소미)'라 불리기도 한다. 그 관상이라는 것이 한 영화를 계기로 21세기의 한국에서도 여전히 건재함을 보여주었다. 심지어 요즘은 '관상 성형'이라는 것까지 성행을 하는 모양이다.

나는 그 관상이나 혹은 사주팔자, 운명, 명리 등등의 진위 여부를 알지 못한다. 막연한 경향이나 통계 이외에 그것을 확인할 길이 없기 때문이다. 따라서 그것에 대한 무시나 비판도 그 신뢰와 함께 유보한다. (속된 말로 그런 것은 다 '아님 말고'다.) 하지만 한 가지 확실한 것은 이런 종류의 담론들이 적어도 한국사회에서는 무시 못할 '지분'을 가지고 있다는 것이다. 그런 것은, 잘은 몰라도 하나의 거대한 '시장'을 형성하고 있는 형국이다. 한국사회만의 독특한 현상일까? 중국과 일본에서는 지금 어떤지 궁금하기도 하다.

이런 현상은 어쩌면 이 사회에서의 '삶'이라는 것이, 아니 애당초 삶 그 자체라는 것이, 그만큼 힘들고 그리고 자기 외적인 여러 요인들 속에서 휘둘리며 굴러가는 '원천적인 불확실성'을 그 속성으로 하고 있기 때문인지도 모르겠다. 그래서 사람들은 그런 삶의 진행을 우리가 알 수 없는 곳에서 좌우하는 '뭔가'가 있다고 쉽게 믿어버리는지도 모르겠다.

'완전한 엉터리', '혹세무민'이라는 확실한 증거가 없는 한 그것이 '비과학적'이라며 비난만 할 수도 없다. 왜냐하면 관상이나 인상 같은 것을 받아들이는 사람의 감성이나 '어떤 사람이 어떻더라' 하는 경향 내지 통계 같은 것은 나름의 학문적 유효성을 지닐 수도 있기 때문이다. 실제로 사람의 관상 내지 인상이라는 것은 그 사람의 현실적인 인생에서 분명히 플러스 혹은 마이너스로 작용한다. "생긴 대로 논다"든지 "꼴값한다"든지 하는 언어 표현들은 일정 부분 그런 '생김새와 삶'의 인과관계를 반영한다. (일본에는 아예 "미인은 득"이라는 관용구까지 존재한다.)

'생김새'라는 것은 엄연한 현실이다. '잘생김'과 '못생김'의 차이는 분명히 있고 '잘생김'은 '못생김'보다 인생의 유리한 요인으로 작용한다. ("클레오파트라의 코가 1센티미터만 낮았더라면 세계 역사가 달라졌을 것"이라는 저 유명한 말도, 그리고 『미녀는 괴로워』 같은 영화도 그런 진실의 일부를 반영한다.) 눈, 코, 입, 턱, 귀, 이마 기타 등등 그중 어느 하나든 여럿이든 혹은 전체든 그것들이 주는 '인상'은 사람마다 참 천차만별이다. 그런 것이 태어날 때부터 각자 다르니 그것을 두고 운명이니 팔자니 그리고 관상이니 하는 말도 생겨나는 것이다. 다시 한 번 말하지만 나는 그것의 진실 여부를 알지 못한다. 이 현실과 진실 사이에 너무나 모호한 그러나 너무나 그럴듯한 이 담론의 '영역'(동양철학?)이 마치 무지개처럼 걸쳐져 있는 것이다. 어렴풋이 보이기는 하지만 결코 손으로 잡을 수는 없는….

나는 우리 인간의 '인생'이라는 것을 하나의 철학적 대상으로 설정하고 그 아프리오리한 구조들을 해명하기 위한 일종의 '인생의 현상학'을 수립 중인데, 인생이 가지는 선천성과 후천성, 불변성과 가변성, 운명성과 개척성, 그런 양면을 모두 다 지적해야 한다는 입장이다. 논리학적으로는 일견 모순이지만 현상학적으로는 엄연한 '현 사실'인 이 양면을 우리는 함께 인정하지 않을 수 없다. 우리가 할 수 있고 또 해야 하는 일은 이 양면에 대해 각각 자신의 구체적인 삶으로써 대응해나가야 한다는 것이다.

"나의 생긴 꼴이 이러니 이래야 하겠다" 하고 노력하는 것, 그것이 곧 삶의 태도인 것이다. 생김새가 삶을 좌우하는 것이 분명하듯이 또 하나 분명한 것은 그 생김새라는 것이 삶의 과정에서 '변화'를 겪는다는 것이다. 삶의 과정이라는 것은 세월의 흐름 속에서 '생김새'에 여실히 반영된다. (자기 얼굴에 책임을 져야 한다는 저 링컨의 말도 그것과 연관돼 있다.) 30년 혹은 40년 만의 동창회 같은 데서 우리는 그것을 확인하고는 한다. 빛나던 친구가 그 빛을 잃고서 나타나는 경우도 있고 의외의 친구가 뜻밖의 존재감을 드러내는 경우도 있다. 그래서 그런 것이 곧잘 영화의 소재가 되기도 한다.

지난 주말에, 흘러간 옛 영화의 추억에 젖어 있다가 문득 그 주인공들의 근황이 궁금해 유튜브로 그들을 검색해보았다. 이를테면 『닥터 지바고』의 유리, 토냐, 라라, 『사운드 오브 뮤직』의 마리아, 폰 트랩 대령, 일곱 아이들, 『로마의 휴일』의 앤 공주, 조 브래들리 등등. 그곳에는 마치 시간의 창고처럼 40년 전과 지금이 함께 있었다. 나는 거기서 그들의 '그때'와 '지금'이 결코 같지 않음을 확인했다. 그리고 "사람의 생김새는 세월의 흐름 속에서 변화한다"는 나의 이 '학문적 가설'이 귀납논리적으로 승인될 수 있다는 한 증거를 거기서 확보했다. 누구는 더 좋아지고 누구는 더 못해진다. 그 변화는 몇 푼의 돈으로 살 수 있는 성형의 결과와는 거리가 멀다. 인상이라는 것은 전체적이고도 종합적인 것이다. 그것은 삶 그 자체와 상황, 사정들, 그리고 그 과정에서 자연스럽게 생성되는 인격, 인품, 품위, 품격, 그런 것을 통해서 비로소 연출되는 것이다. 생각과 말과 행동이 오랜 세월을 통해 그것을 숙성시킨다. 그것은 우리 각자의 몫이다. 우리 각자의 권리요 책임이기도 하다. 잘 타고났다고 방심하지 말 것, 못 타고났다고 낙심하지 말 것. 우리 모두에게는 신으로부터 부여받은 나머지 50퍼센트가 있는 것이다. 지금부터라도 그 50퍼센트의 완성을 위해 어떤 생각을 하고 어떤 말을 하고 어떤 행동을 할지, 즉 어떤 사람으로서 어떤 삶을 살아나갈지를 고민해보자. 타고난 저 운명적 관상이라는 것을 근본적으로 바꿀 수는 없을지 모르겠지만, 최소한 그 일부는 분명히 달라질 것이다. 잘 타고난 사람도 그래야만 비로소 그것을 끝까지 지켜갈 수 있다. 저 오드리 햅번 같은 사람이 그것을 증명한다. 늙어서 더욱 그녀를 아름답게 했던 그녀의 저 주옥 같은 마지막 말이 떠오른다.

아름다운 입술을 갖고 싶으면
친절한 말을 해라.

사랑스런 눈을 갖고 싶으면
사람들에게서 좋은 점을 봐라.

날씬한 몸매를 갖고 싶으면
너의 음식을 배고픈 사람과 나누어라.

아름다운 머리카락을 갖고 싶으면 하루에 한 번
어린이가 손가락으로 너의 머리를 쓰다듬게 해라.

아름다운 자세를 갖고 싶으면
결코 너 혼자 걷고 있지 않음을 명심해라.

사람들은 상처로부터 복구되어야 하고,

낡은 것으로부터 새로워져야 하며,

병으로부터 회복되어야 하고,

무지함으로부터 교화되어야 하며,

고통으로부터 구원받고 또 구원받아야 한다.

결코 누구도 버려서는 안 된다.

기억해라… 만약 도움의 손이 필요하다면

너의 팔 끝에 있는 손을 이용하면 된다.

네가 더 나이가 들면 손이 두 개라는 걸 발견하게 된다.

한 손은 너 자신을 돕는 손이고

다른 한 손은 다른 사람을 돕는 손이다.＊

＊ 1992년 오드리 햅번이 죽기 1년 전 크리스마스 이브에 아들에게 남긴 말.

'그분들'의 의식주

● ● 　위인도 성인도 기본은 우리와 똑같은 인간이었다. 그럼에도 그 삶은 그렇게도 달랐다. 같지만 다른 그 '다름'이 그들의 '인간 이상'임을 돋보여준다.

　나는 여러 기회를 통해 이른바 인류의 4대 성인, 공자, 부처, 소크라테스, 예수의 철학을 어지간히 선전해왔다. 그런데 그때마다 느끼는 것이지만 사람들은 이들의 이야기를 들으면서 나름 수긍을 한다든지 감명을 받는다든지 하면서도, 어딘가 모르게 그들을 마치 '딴 세상'의 사람들처럼 간주하면서 그 세상은 자기와는 다른 어떤 세상인 듯이 생각하는 경향이 있다. '그들이니까…' 하면서 선을 그어버린다는 것이다. 그러면서 자기는 그들이 안은 그 모든 무게들을 면제받는다.

　하지만 우리가 분명히 알아야 할 것은, 세상이란 언제나 어디서나 오직 '하나'이며 그 세상은 다름 아닌 지금 우리가 살고 있는 바로

'이' 세상이라는 것이다. 우리가 알고 있는, 그리고 살고 있는 바로 '이 세상'에 공자, 부처, 소크라테스, 예수 같은 그분들도 와서 우리와 똑같은 '인간의 삶'을 살다가 갔던 것이다. 그 점을 우리가 확고히 인식할 때, 그때 비로소 저들의 '위대함'이 고스란히 드러나 그 제대로 된 빛을 발할 수 있게 되는 것이다. 그들은 그 외견에 있어 우리와 똑같은 한 사람의 인간이었음에도 불구하고 그 삶은 그토록이나 우리와 달랐던 것이다. 그러한 '같음 가운데서의 다름'을 인식할 때, 그들의 '초인간성', 혹은 '신성', 즉 그저 그런 인간이 아닌 '인간 이상의 인간'이었다고 하는 성격이 드러나게 된다.

내가 이런 생각을 하게 된 계기 중의 하나는 '공자의 고기'였다. 공자가 제(齊)나라에 갔을 때 '소(韶)'라는 음악을 듣고 석 달 동안 고기 맛을 잊어버렸다고 하는 『논어』 「술이(述而)」편의 이야기는 유명하다. 그런데 나는 어느 날 문득 이런 생각이 들었던 것이다. '아하, 공자는 평소에 고기를 먹었다는 이야기로군. 그 석 달이 지난 후에는 다시 고기맛을 알았다는 거고.' 좀 엉뚱한가? 하지만 저 위대한 공자가 입을 오물거리며 고기를 씹고 있는 모습을 상상해보는 것은 결코 불경이 아니며 그것이 그의 가치를 손상시키지도 않는다. 오히려 그 반대임을 나는 말하고 싶은 것이다. 하여간에 그는 80 평생을 하루 세끼 꼬박꼬박 무언가를 먹으며 그의 인생을 살았을 것이다. 한때(헤어지기 전) 그의 아내 올관(兀官)은 그 식사를 준비했을 것이고(비록 맛은 없었다지만)….

부처와 예수의 경우 또한 마찬가지다. 특히 이 두 분은 역사의 과정에서 철저하게 신성화되어 있기에 더욱 그 인간적 측면이 가려져버렸다. 하지만 우리는 한번쯤 생각해봐야 한다. 고행 끝에 쓰러진 청년 싯다르타가 수자타로부터 우유를 받아먹는 모습뿐만 아니라 아름다운 아내 야수다라와 함께 맛있는 저녁을 먹고 이윽고 그녀와 함께 잠자리에 들어 코를 고는 혹은 새근거리는 모습. 그 또한 그 아닌 것은 아니었으니까. 그리고 역시 제자들과의 저 '최후의 만찬'을 먹는 예수뿐만 아니라, 마리아와 요셉 그리고 동생들과 함께 후식으로 무화과나 포도를 입에 넣고 있는 예수. 어디 그뿐이겠는가. 목수 일을 끝내고 땀에 젖은 옷을 갈아입는 예수와 그 옷을 빨고 있는 마리아의 모습도 우리는 머릿속에 그려볼 필요가 있다. 예수도 이따금씩은 재채기를 했을 것이고 부처도 어쩌면 딸꾹질을 했을 것이다. 이런 모습들은 조금도 그분들의 신성함을 훼손하지 않는다. (오히려, 우리가 이런 방향에서 그분들에게 접근한다면 저 볼썽사납고 끔찍했던 종교전쟁 혹은 살벌하기까지 한 종파 대립의 적어도 절반 이상은 피할 수 있지 않았을까 하고 나는 상상해본다.)

소크라테스의 경우는 그의 아내 크산티페의 저 유명한 바가지 때문에 상대적으로 인간적인 모습이 좀 부각돼 있긴 하지만, 그에 대해서도 우리는 이를테면 아침에 일어나 세수를 하고 있는 혹은 이를 닦고 있는 모습이라든가 신발을 신고 있는 모습이라든가, 또는 목욕을 하고 있는 모습, 심지어는 화장실에서 용변을 보고 있는 모습도 상상해볼 필요가 있다.

요컨대 기본적으로는 모든 것이 우리와 똑같았다는 것이다. 그분들 또한 한 사람의 인간으로서 이런저런 음식들을 먹고 이런저런 옷들을 입고 밤이면 잠자리에 들고 아침이면 자리에서 일어나 기지개를 켰던 것이다. 그분들도 햇빛이 쨍쨍한 여름에는 더웠을 것이고 땀을 흘렸을 것이고, 목이 마르면 물을 찾았을 것이다.

중요한 것은 '그 다음'인 것이다. 그렇게 모든 것이 같았음에도 불구하고, 그들은 달랐던 것이다. 도대체 무엇이 그 차이를 만들었던가? 그것이 바로 생각과 말과 그리고 삶이었다. 그것이 바로 그들의 '철학'이었다. 사람들은 그런 것을 잘 모른다. 선지자는 그 고향에서 머리 둘 곳이 없다고 예수가 한탄했던 것은 사람들이 그런 '같음 속에서의 다름'을 잘 보지 못했기 때문이었다. 아니, 보려고 하지 않았기 때문이었다.

그래서 우리는 잘 살펴봐야 한다. 오늘 이 식당에서 함께 밥을 먹고 있는 사람들 중에, 오늘 이 남대문시장에서 옷을 고르고 있는 사람들 중에, 혹은 동대문시장에서 베개를 고르는 사람들 중에, 혹시라도 다시 온 예수나 부처가 있는 것은 아닌지, 혹은 종로의 한 책방에서 철학책이나 역사서나 시집을 뒤적이고 있는 사람들 중에 새로운 공자가 있는 것은 아닌지, 혹은 대학 캠퍼스의 잔디밭에서 젊은이들과 둘러앉아 막걸리를 마시며 야외수업을 하고 있는 사람들 중에 혹시나 제2의 소크라테스가 있는 것은 아닌지.

밀린 원고 작업을 하다가 배가 출출해 이전에 가게에서 사온 '무화과'에 손이 갔다. 그러다가 문득 '무화과'를 언급한 적이 있는 예수가 연상되었다. 뭔가 한마디 써두어야겠다는 생각이 들었다. 그래서 한마디 적어보았다. 책상 위의 무화과에게 감사한다.

이만하면 거의

● ●   제정신이 아닌 자들, 기본이 안 된 자들이 스스로 반성하고 잘못을 고치는 일은 저 황허의 물이 저절로 맑아지는 것보다 더욱 어렵다.

"회개하라. 천국이 가까웠나니."(「마가복음」 4장 17절)

저 유명한 예수의 첫 음성이 느닷없이 생각난다.

예수 그리스도가 당시 어떤 모습을 보고 이런 말을 했는지 따로 연구해보지 않아 그 정황은 잘 모르겠지만, 그가 만일 2013년의 한국과 세계를 보았다면 도대체 어떤 말을 했을지 자못 궁금해진다.

잠시 인터넷을 둘러보았다. 국가 원수를 보필하는 한 고위 공직자가 공식적인 외국 방문 중에 대사관 인턴 여직원을 호텔 방으로 불러 입에 담기도 민망한 '엉뚱한 짓'을 했다고 한다. 그것도 속옷 하나 걸치지 않은 비상식적인 차림으로. 한편, 학교라는 곳에서는 태반의 학생들이 잠이나 자고 극소수의 학생들만 수업을 듣는 것이 요즘의 낯설지 않은 풍경이라고 한다. 입시에도 안 나오는 음악, 미술, 체육 같은 것을 왜 학교에서 배워야 하는지 모르겠다는 게 그들의 반응이라고도 한다. 결국은 교육 관료들이 이런 어처구니없는 장면을 연출해 냈다. 그리고 이젠 최강의 문화권력으로 확고히 자리매김한 인터넷 포털들을 보면, 일종의 '섹스 코드'와 관련된 사진이나 기사들로 어디할 것 없이 거의 도배가 되어 있다. 책들이 쫓겨난 그 자리를 그런 사진들과 영상들이 점령하고 있는 것이다. (그것들은 정작 아름다워야할 그 '성(性)'을 심각하게 통속화, 왜곡, 격하, 훼손시키고 있다.) 또한편 바다 건너 일본에서는 의원이라는 사람들이 지난 전쟁의 전범자들을 신으로 모시는 신사에 떼거리로 참배를 했고, 대중적 인기가 있는 모 행정 책임자는 전쟁에서의 위안부는 '필수적'이라는 말을 공공연하게 아무런 거리낌도 없이 내뱉었다고 한다. 또 정계의 막강한 실력자들도 경쟁이라도 하듯 망언들을 쏟아낸다. 사진에 비친 그들의 표정에 반성이나 부끄러움 같은 것은 눈곱만큼도 보이지 않는다. 그런가 하면 지구의 온난화로 녹아내리는 북극의 얼음에 아랑곳없이 그 밑에 매장된 자원에 강대국들이 호시탐탐 눈독을 들이고 있다는 기사도 전해진다. 그리고 또, 또, 또….

"다 되었구나(已矣乎)!" 하던 공자의 한탄도 어디선가 들려오는 것 같다.

지금 실제로 일어나고 있는 일들의 극히 일부이지만, 이런 소식들은 물 위에 뜬 빙산의 한 조각이나 거리에 떨어지는 한 장의 낙엽처럼, 수면 아래 잠긴 엄청나게 거대한 얼음덩이와 천하를 뒤덮은 무수한 가을 잎들을 지시해주는 한 조그만 흔적에 다름 아니다. 이만하면 온 세상이 거의 다 '미쳤다'고 해도 지나친 말이 절대 아니다. 지금 우리는 이런 시대를 살고 있는 것이다.

이런 종류의 문제들을 짚어보다 보면, 그것이 더욱 커지고 더욱 많아질 저 미래라는 것이 참으로 암담해진다. 이 지경이면, 1년 후, 10년 후도 불을 보듯 뻔하다. (두고 보라. 그때도 지금보다 더하면 더했지 결코 못하지 않을 사건들이 신문, TV, 인터넷 등의 뉴스를 장식하고 있을 것이다.) 그렇다고 문제에 대한 답이 없는 것은 아니다. 답은 이미 수천 년 전에 다 나와 있다. 예수는 그것을 '회개'라고 했고, 공자는 그것을 '고침(改)' 또는 '바로잡음(正)'이라고 했다. 그런데 2천 년도 더 지났건만 지금 세상은 어떠한가. 이 단어 하나를 '실행'하는 일이 그토록이나 어려운 것이다.

나의 경험철학에 근거하자면, 제정신이 아닌 자들, 기본이 안 된 자들이 스스로 반성하고 잘못을 고치는 일은 마치 황허의 물이 저절로 맑아지거나 사막이 저절로 옥토가 되는 것처럼 불가능하다. 오늘날의 문제는 그런 자들이 대체로 높은 자리에 올라 '힘'을 가지고 그 '잘못'을 확대 재생산하고 있기에 그 해결이 더욱 어렵다. 그것을 조금이라도 고치고자 한다면, '미치지 않은' '제정신인 자'에게 칼자루가 쥐어지지 않으면 안 된다. "인사가 만사"라는 흔해 빠진 저 말 속에 답이 있는 것이다.

물론 이런 이야기는 순진한 이상주의로 끝날 수도 있다. 제정신인 자가 좀처럼 눈에 띄지 않을뿐더러, 설혹 있다고 해도 그에게 정말로 칼자루가 쥐어졌을 때 그가 그것을 제대로 쓰리라는 보장도 없다. 때로는 칼 자체가 그의 정신을 상하게 할지도 모를 테니까. 또 제대로 휘두른다 한들, 그 칼로 쳐야 할 덤불들이 너무 많아서 그는 어쩌면, '지쳐서' 끝내 그 칼자루를 놓아버릴 수도 있다. '미쳐서' 끝나거나 '지쳐서' 끝나거나, 제정신인 자가 그 정신을 끝내 지키기도 쉽지는 않은 것이다.

하지만 해보지 않고서는 모를 일이다. 우선은 인물을 찾아야 한다. 그 사람 찾기가 바로 지도자의 몫이다. 그런 안목 있는 지도자를 우리는 또 찾아야 한다. "사람을 찾습니다(anthropon zeto)." 느닷없이 또 벌건 대낮에 등불을 들고 사람을 찾아다녔다는 2천 년 전의 철학자 디오게네스가 떠오른다. "여기요!" 하고 손을 좀 들어줄 사람은 어디 없을까? 탐욕에 물들지 않은 새하얀, 그러나 힘 있는 손을.

불가항력

● ● 　인생을 살아간다는 것은 생로병사를 비롯한 온갖 불가항력들, 그런 남의 일 같은 진실을 하나씩 자신의 일로 확인하면서 항복해나가는 과정이라고 말할 수 있다.

　휴대폰이 갑자기 뛰뛰뛰뛰 하며 난리를 쳤다. 뭔가 싶어 들여다보니 통신사에서 보낸 홍수주의보다. 간밤에 비가 좀 오나 싶었는데, 찰스강의 물이 불어났나 보다. 홍수라니까 문득 연상되는 게 있다.

　벌써 오래전의 이야기지만, 언젠가 좀 엉뚱하게도 홍수가 난 강물에 떠내려가는 꿈을 꾼 적이 있다. 그 느낌이 너무나 생생해 놀라 깬 다음에도 그것이 마치 사실적 경험이었던 것처럼 아직도 그 감각이 일부 기억 속에 남아 있을 정도다. 아무튼 그때 그 물살이 얼마나 거세었던지, 비록 꿈속이기는 했지만 아무리 용을 써봐도 도저히 그 물살의 힘을 어떻게 할 도리가 없었다. 그야말로 불가항력, 속수무책.

기껏해야 놀라서 깨는 것이 전부였다.

생각해보면 우리가 이 세상에서 인생을 살아가며 겪는 일들 중 그런 불가항력적인 것이 한둘이 아닌 것 같다. 우선 태어나는 것부터가 그럴 것이다. 모르긴 해도 일체중생들은 애당초 이 세상에 태어나고 싶지 않았던 것이 아닌가 싶기도 하다. 그러니까 누구 한 사람 예외 없이 '울면서'(마지못해 태어나는 듯이) 그 인생을 시작하지 않던가. 그 사실에 덧붙여 태어남의 온갖 조건들, 즉 국가나 시대나 집안이나 성별, 인종 기타 등등, 내 힘으로 어찌할 수 없는 것들이 하나둘이 아니다. 그 모든 조건들은 (칸트 식으로 말하자면) 정언적 명령으로서, 혹은 (사르트르 식으로 말하자면) 하나의 '선고'로서 우리의 삶을 곧바로 구속해버린다. 그래서 우리는 때로 운명이나 팔자 같은 단어로 그것을 투덜대기도 한다. 일단 태어나면 어쨌든 그 조건 속에서 인생을 시작할 수밖에 없다. 그렇게 우리 모두는 살아왔다.

인생에 작용하는 그런 불가항력은 출생부터 바로 시작되는 '세월의 흐름'에서도 여지없이 그 힘을 과시한다. 이 흐름은, 내가 꿈에서 느껴봤다는 그 홍수의 물살 따위는 게임도 안 될 만큼, 거세게 모든 생명들을 휘몰아간다. 굳이 비교하자면 그 힘은 이 거대한 지구를 굴려 자전과 공전을 일으키는 저 우주적인 힘과 동일한 반열에 속한다고나 할까. 그래서 이 세월이라는 불가항력 앞에서는 저 위대한 공자, 부처, 소크라테스, 예수 같은 분들도 결코 예외가 아니었던 것이다. '신성'조차도 그것에는 따라주어야만 했던 이 거대한 원리적 힘! 그것이 모든 아기들을 어린이로 만들어가고, 어린이를 젊은이로, 그리고 젊은이를 늙은이로 만들어간다. 가차 없이, 예외 없이.

그 힘의 결정판이 아마도 병과 죽음일 것이다. 이 세상에는 정말이지 무수히 많은 병들과 병자들이 있다. 모든 인간은 누구 한 사람 예외 없이 다 잠재적 '환자'다. (지금 세상에서 제일 잘나간다는 이곳 미국에서도 정말이지 너무나 많은 환자가 있고 병원이 있다. 그리고 TV에서도 가장 많이 접하는 광고가 바로 보험과 약을 비롯한 건강 관련 상품들이다.) 아무리 운동과 섭생을 잘해도 언젠가 한번은 병에게 내 몸을 내줘야 한다. 그것이 '육체적 존재'인 모든 인간의 숙명인 것이다. 한번 '크게' 병치레를 해본 적이 있는 사람은 두말없이 여기에 고개를 끄덕일 것이다.

이도 저도 아니라고, 그런 불가항력이란 없다고, 인간이란 모든 것을 극복하는 존재라고 버티는 사람이 있다면 결국 '죽음'이라는 카드를 꺼낼 수밖에 없다. 죽음은 모두가 인정하면서도 사실은 아무도 인정하지 않는, 누구에게나 거짓말 같은 그러나 누구에게나 진실인 그런 힘이다. 평상시의 인간들에게 죽음은, '모두의 것이지만 내 것은 아닌', '언젠가는 오지만 아직은 아닌' 그런 묘한 성격의 것으로 적당히 비켜나 있다. 하지만 그것은 기필코 오고야 만다. 그 앞에서 모든 존재는 속수무책이다. 그것은 불가항력이다. 그 절대적 힘의 상징이 죽음 옆에서의 울음이다. 그 울음은 출생의 울음과는 또 다른, 이번에는 삶에 대한 애정 내지 애착을 상징하는, 그런 의미를 갖고 있다.

우리가 인생을 살아간다는 것은 그러한 거짓말 같은 진실을 하나씩 확인해나가는 과정, 그것을 다른 누구의 것도 아닌 나 자신의 것으로서 경험해가는 과정이라고 말할 수 있다.

그럼 도대체 뭘 어찌해야 하는가? 불가항력인데 뭘 어쩔 수 있단

말인가. 어쩔 수 없다. 그때는 저 위대한 자연에게 배워야 한다. 저들은 불가항력 앞에서 군말이 없다. 애태우지도 않고 안달하지도 않는다. 그래서 저들에게는 '고뇌'가 없다. 그래서 저 큰 힘이 시키는 대로 그저 때 되면 피고 때 되면 지고, 차면 넘치고 넘치면 흐르고, 그러다 그냥 마르기도 한다. 어쩌면 말 없이 강변에 서 있는 저 나무가 실은 부처인지도 모르겠다. 그러고 보니 저 구름도 저 바람도 다 부처 같다. 말 없이 떨어져 뒹구는 저 꽃잎들도 과묵한 바위도 그리고 그 바위에 낀 푸른 이끼도 다 부처 같다.

이런저런 죽음들

● ● 　삶의 모양새가 다 다르듯 죽음의 모양새도 다 다르다. 죽음의 격은 오직 살아온 삶의 그림자들로만 만들어진다.

　남아프리카공화국의 전 대통령 넬슨 만델라가 세상을 떠났다. '불굴, 평화' 혹은 '용서, 화해'의 아이콘으로 그는 전 세계인의 존경을 받았고 그것은 노벨 평화상으로도 평가되었다. 이곳 미국은 말할 것도 없고 인터넷을 보니 온 세계가 그를 추모하고 기리는 분위기다. 미국에 살고 있어서 그런지 'deserve(…할 만하다)'라는 단어를 실감한다. 나는 무엇보다도 그의 그 표정을 사랑해 마지않았다. 27년의 옥살이를 거친 그가 그럼에도 불구하고 지닐 수 있었던 그 온유한 미소는 도대체 어떻게 해서 가능할 수 있었던 것일까? 그것은 앞으로도 참 만나기가 쉽지 않을 보배임에 틀림이 없다.

외국에 머무는 동안 들은 소식이라 그런지, 예전 독일에 살고 있을 때 접했던 테레사 수녀의 죽음이 겹쳐졌다. 그때도 애도의 물결은 전 세계를 뒤덮었고 그 애도 또한 충분히 그럴 만한 가치가 있다고 수긍했었다. 그때, 누운 모습 그대로 시신이 운구되는 것을 독일 방송의 중계로 본 적이 있는데, 눈감은 그분의 그 얼굴이 또한 (깊게 패인 주름과 함께) 어떤 숭경심을 불러일으켰던 기억이 아직도 생생하게 뇌리에 남아 있다.

나는 내가 근무하는 대학에서 '인생론'이라고 하는 교양과목을 강의해왔는데, 거기서 '죽음의 종류'라는 소제목으로 한두 시간 학생들과 이야기를 나누곤 했다. 그때, 이를테면 예수의 죽음이나 소크라테스의 죽음을 예로 들면서 '신성한 죽음'이나 '멋있는 죽음'이 있을 수 있음을 얘기해준다. 그분들을 죽음으로 내몬 '악의 무리'들이 현실적으로 설쳐대고 있었던 저 살벌한 배경을 생각해보면 더욱 실감 나지만, 신적인 뜻이나 양심의 소리에 따라, 그 죽음을 피하지 않고 결연히 자신의 가치를 지켜냈다는 것은 결코 아무나 흉내 낼 수 있는 일은 아닌 것이다. 참으로 대단한 분들의 대단한 모습이 아닐 수 없다.

기독교의 역사에서는 예수의 영향인지 수많은 순교들이 이어졌고, 철학의 역사에서는 보에티우스, 야콥 뵈메, 토머스 모어 같은 '소크라테스적 죽음'의 행렬이 뒤따르기도 했다.

그런가 하면, 이런 종류의 숭고한 죽음들과는 너무나 대조적으로, 그 죽음이 많은 사람들에게 대대적으로 환영받는 참으로 야릇한 죽음들도 적지가 않다. 역사를 보면 저 로마의 네로 황제나 독일의 히틀러, 소련의 스탈린 같은 이의 죽음이 그러했고, 우리에게는 침략자 도

요토미 히데요시나 이토 히로부미의 죽음이 그러했다. 그 죽음이 환영받은 것은 그것이 곧 악의 종말이기 때문이었다.

철학자 아리스토텔레스의 경우는 어떻게 보면 좀 '실망스러운 죽음'을 보여준 사례가 아닐까 싶다. 잘 알려진 대로 그는 아테네가 아닌 마케도니아 왕국 스타게이라 출신인데 그의 제자였던 알렉산드로스 대왕이 원정 중에 사망하자 아테네에서는 반마케도니아 운동이 일어났다. 신변의 위험을 느낀 그는 어머니의 고향인 칼키스로 황급히 도주했다. 어지간히 급했던지 그렇게 아끼던 원고들조차 가져가지 못하고 주변에 맡기고 떠났다 한다. 아무튼 그때 그가 남겼던 말이 "(소크라테스를 죽인) 아테네가 철학에 대해 두 번 죄를 짓지 않도록 하기 위해서 (나는 도피한다)"였다고 전해진다. 그는 도피 후 고작 1년 만에 위장병으로 죽음을 맞이했다. 탓할 수는 없지만, 명성 대비 '초라한 죽음'이 아닐 수 없다.

사람에 따라 죽음의 모양새도 참 가지가지다. 결국은 삶의 모양이 죽음의 모양을 결정해준다. 꼭 찰스 디킨스의 『크리스마스 캐럴』에 나오는 스크루지처럼은 아니더라도 자신의 죽음의 모양을 미리 한번 그려보는 것은 그래서 철학적으로 의미가 있다.

나는 언젠가 방학을 이용해 혼자 동해안 여행을 떠난 적이 있는데, 어떤 바닷가 마을을 지나다가 우연히 그 마을 뒷산에서 치러지는 아주 조촐한 장례를 지켜보게 되었다. 사람이라고는 가족들 서넛과 동네사람 몇몇이 고작이었다. 갓 덮은 봉분 옆에서 친구로 보이는 한 노인이 소주에 취해 주정처럼 지껄이던 말이 가슴에 와 닿았다. "야들아 ~ 너거들 이 양반 이래 갔다꼬 절대 잊으마 안 댄데이. 이 양반이 이래 허무하게 갔어도 시상에 이만한 양반도 없었다. 살아볼라꼬 별에별 안 해본 짓 없꼬, 그 고생 다 하믄서도 그래도 가슴에는 정이 처~얼철 넘치든 양바이었따. 그른 양바이 이래 갔는데 기자라는 사람들은 다 어데 갔노. 하나또 안 비네~."

그 장면이 너무나 인상적이어서 나는 내 주변의, 아니 떠나가신 세상 모든 분들의 인생을 거기에 겹쳐보았다. 그리고 숙연한 마음으로 그것을 시에 담았다. 제목 「슬픈 도서관」.

어느 어부가 조용하게 죽었다
그의 죽음은 보도되지 않았다

그의 일생은 한 권의 책이었다
허공에다 구름으로 쓴
모래밭에다 모래로 쓴
혹은 바다 위에다 바닷물로 쓴
소금으로 쓴, 아니 눈물로 쓴

아, 나는 그 책을 읽어야겠다
순수이성비판일랑 잠시 잊고서

세상은
그런 책들로 빼곡한 도서관이다
흰 종이에 흰 글씨로 쓴

아무도 읽지 않는

너무 아까운

만델라도 물론이지만 가까운 우리 주변에도 길이 기억해야 할 죽음은 많을 것 같다.

증오

● ● ● 　증오는 사회가 만들어내는 온갖 '모순들'을 영양 삼아 자라는 독버섯 같다. 영양이 존재하는 한 버섯은 아무리 잘라도 또 돋아난다.

"의사, 판검사, 기자, 교수, 고위관료, 시인, 문인 따위의 사람들은 그 직업 자체로 존경받을 생각을 해서는 안 된다. […] 이들은 최소한의 직업윤리를 지녀야 하고 수입 이상의 책임감을 가져야 하고 남는 게 있으면 사회적 약자를 보살펴야 한다."

어떤 사람이 페이스북에 이런 글이 적혀 있는 사진 한 장을 올려놓았다. 생략된 부분에는 차마 입에 올리기가 뭣한 욕설로 도배가 되어 있었다. 이 글의 기본 취지에 십분 공감하면서도 그 생략된 부분들 때문에 나는 솔직히 어떤 섬뜩한 느낌을 지울 수 없었다. 그것은 나의 직업이 누군가에게는 '증오'의 대상이 될 수도 있구나 하는 '실감'으로 내내 마음을 무겁게 했다.

하기야 이 이름들에 걸맞지 않은 인사들이 없는 것도 아니니 이 말을 내뱉은 사람의 심경이 전혀 이해가 안 되는 것은 아니지만, 그 단어들 사이에 밴 싸늘한 '독기'에는 가슴이 아파왔다. 언젠가부터 우리 사회에는 이런 정서가 무시할 수 없는 크기로 그 '지분'을 갖고 조금씩 그 '영토'를 늘려가고 있는 듯한 감이 없지 않다. 예전 같으면 그런 것들이 모여 어쩌면 '혁명'으로 연결되었을지도 모를 일이다.

"예, 알겠습니다. 그렇게 해야죠. 그럼요, 그렇게 해야 하고말고요." 위와 같은 질타에 해당자 모두가 그렇게 나온다면 문제가 원만하게 해결의 방향으로 나갈지도 모르겠지만, 세상이라는 게 그렇게 단순하지는 않다. 현실은 오히려 그러한 소위 '불만 세력'들에게 "뭐야 이거…" 하면서 주먹을 먼저 쥘 것이기 때문이다. 그래서는 문제가 악순환으로 빠져들 뿐이다.

사실 이러한 말은 수면 위에 떠오른 빙산의 일각이라고 나는 진단한다. 수면 아래에는 상상도 할 수 없는 크기의 거대한 얼음덩이가 차갑디 차가운 온도로 웅크려 그 냉기를 비축하고 있는 것이다. 그것은 이제 어떤 형태로든 철학적, 사회학적, 정치적 관심과 노력의 대상이 되어 해소를 위한 방향을 잡아나가지 않으면 안 된다. 왜냐하면 그것은 분명히 우리 사회가 지금껏 만들어온 온갖 종류의 '모순들'을 영양 삼아 자라온 결과물임을 부인할 수가 없기 때문이다. 흥분과 분노는 문제의 해결에 전혀 도움이 되지 않는다. 그것은 또 다른 종류의 증오를 확대 재생산할 뿐이다.

조금 다른 방향에서 생각해보면 그것은 어쩌면 인간세상에 보편적인 '삶'의 한 양상인지도 모르겠다. 아마도 그런 사람이 적지 않겠지만 나 또한 삶이 힘겨울 때면 자연스럽게 불교의 가르침에 관심이 기울기도 한다. '일체개고', 삶의 모든 것이 괴로움이요 이 세상은 괴로움의 바다라는 것, 그것을 절절히 느낄 때가 한두 번이 아니다. 2고, 4고, 8고, 나아가 108번뇌…. 생로병사의 4고는 말할 것도 없고 거기에 넷을 더한 8고를 나는 온몸으로 체험하면서 인생을 살아왔다. 애별리고, 원증회고, 구부득고, 오온성고. 사랑하는 사람과 헤어져야 하는 괴로움, 미운 사람과 만나야 하는 괴로움, 원하는 것을 얻지 못하는 괴로움, 자기 스스로도 통제되지 않는 아집의 괴로움. 부처님은 참 어떻게 이렇게도 인간세상의 실상을 잘 알았던 것인지. 바로 그 삶의 진리 중에 '원증회고'라는 것이 있는 것이다. 부처님은 그것을 또한 '탐진치(욕심, 화, 어리석음)' 3독의 하나로 꼽기도 했다. 증오는 화로 연결이 되고 그것은 결국 사람을 상하게 하는 독이 된다. 우리는 그런 가르침에도 귀를 기울여보아야 하는 것은 아닐까.

문제의 해결을 위해서는 양동작전이 필요할 것 같다. 바깥으로는 모순의 실체를 파악해 증오의 소지를 줄여나가고, 그렇게 해서 누구나가 남 탓 하지 않고 스스로 만족스러운 사회적 삶을 살 수 있도록 구조를 개선해나가고, 안으로는 삶의 실상을 성찰하면서 마음을 다스려 원망과 증오와 화를 줄여나가는 것이다. 그러면, 부처님이 말한 '극락'까지는 아니더라도, '염화시중의 미소'까지는 아니더라도, 가족, 친지, 벗들과 함께 작은 웃음들을 나누며 짧으나마 행복한 삶의 순간들을 만들어나가는 것은 가능해지지 않을까. 그것이 독기를 품고 마음속에서 칼을 가는 것보다는 그래도 훨씬 나은 삶의 모습이 아닐까.

휴일인데, 방학인데, 열심히 글도 썼는데, 나라 생각에 영 마음이
편치를 못하다. 나라를 떠나 이렇게 먼 미국까지 왔는데, 마치 부처님
손바닥을 벗어나지 못하는 저 손오공처럼 나는 여전히 저 108번뇌를
벗어나지 못하고 있다. 나무아미타불, 나무아미타불….

채우기와 비우기

● ◦ 　마음이 세상을 걸어 다니며 이런저런 상황에 부딪치는 것, 그것이 곧 인생이다. 때로는 채우고 때로는 비우며 저울의 균형을 맞춰가는 것, 그것이 곧 삶의 지혜다.

　한국에서 제법 인문학을 한다는 분들의 이야기를 듣다 보면 한 가지 특이한 점이 눈에 띈다. 그것은 이분들이 한때 어떤 형태로든 '불교'에 매료돼 나름대로 이것과 씨름한 이력이 조금씩은 다 있다는 것이다. 불교에 대한 그런 인문학적 관심은 이곳 미국에서도 심심치 않게 눈에 띄어 색다른 느낌으로 다가온다. (참고로 우리 집 바로 근처에 'Cambridge Zen Center'라고도 불리는 한국계 사찰 '대각사(大覺寺)'가 있다.)

　그런 관심은 기복을 위해 절간을 찾는 것과는 좀 다른 일로, 그 밑바탕에는 부처의 깨달음에 대한 일종의 공감 내지 지향이 깔려 있다.

내용적으로 보자면 우리의 삶이 생로병사를 위시해 온갖 괴로움들로 가득 차 있다는 것, 그 괴로움들은 대개 헛된 것에 대한 헛된 집착에서 말미암는다는 것, 그것을 제대로 알고 제대로 힘써서 그 괴로움으로부터 벗어나야겠다는 것, 그러니까 부처가 말한 저 4성제에 대한 공감과 지향인 것이다. 고집멸도, 이 네 가지에 사실상 3법인, 8정도, 12연기가 다 압축돼 있다고 해도 과언이 아니다. 일반에게도 잘 알려져 있지만, 이러한 가르침은 '비우기, 떠나기, 지우기, 끄기, 건너기' 같은 말들과 연결이 된다. 이 단어들 중 어느 하나만 제대로 실천해도 그 사람은 사실상 '부처'가 된다. 하지만 말이 그렇지 그게 그렇게 간단치 않다. 말로야 팔만대장경을 다 외울 수도 있겠지만, 그리고 그것을 기막힌 솜씨로 강론할 수도 있겠지만, 정작 본인의 그 '마음' 한 조각을 비우는 일은 절대로 만만치가 않다. 그것은, 좀 과장법을 쓰자면, 저 남산을 강남으로 옮기는 것보다도 그리고 한강물을 다 마셔버리는 것보다도 더 어려운 일이다. 그래서 이 세상에는 넘칠 만큼의 불교적 담론이 존재하지만, 정작 부처라 할 수 있는 사람은 저 석가모니 이후 그토록 긴 세월이 지났건만 아직도 그 이름이 들리지 않는 것이다. 실상을 보면 조그만 지식이 곧바로 오만으로 연결돼 오히려 부처의 이름에 누를 끼치는 경우가 더 많을지도 모른다.

세상에 고(苦)가 존재하는 한, 불교의 철학은 분명히 의미가 있다. 그것은 크나큰 가르침이다. 그러나 그 가르침은 우리가 다른 누구도 아닌 자기 자신의 마음을 비우고 어떤 고요의 경지를 얻었을 때, 오직 그때만 의미가 있다는 것을 우리는 새기고 또 새기지 않으면 안 된다.

한편 이러한 이론의 대극에 있는 것이 이른바 '성공론'이다. 자본주의의 불가결한 동반자인 이 이론들은 끝도 없이 다양하게 그 모습을 바꾸어가며 시중의 서점가를 장식해준다. 그중의 몇몇은 실제로 상업적인 '성공'을 거두기도 한다. 이 이론들의 공통점은 인간의 욕망을 기본적으로 인정하고 (혹은 부추기며) 그 욕망의 충족 내지 실현을 위한 나름대로의 '길들' 혹은 요령들을 제시한다는 것이다. 그 길의 목적지가 바로 '성공'인 것이다. 그 구체적인 모습은 사람마다 조금씩 다 다르다. 하지만 대체로는 이른바 '부귀영화'를 크게 벗어나지 않는다. 다소 진부한 듯도 한 이 말을 현대식으로 번역하자면 그것이 다름 아닌 '지위'와 '재산' 그리고 '명예'가 된다. 좀 다른 각도에서 보면 '일'과 '사랑'이라는 것이 그 자리를 차지하기도 한다. 인간사라는 것이 결국 빤한지라 세상 돌아가는 것을 보면 대체로 이것들을 서로 차지하려고 박 터지게 싸우는 것이 진실인 것이다. 바로 거기서 인간의 온갖 희로애락들이 자라나온다.

특별한 성자가 아니라면 이 싸움에서 자유로울 수 있는 사람은 그다지 없다. 한때 불교에 빠졌던 이들도 대부분은 결국 이 전장으로 되돌아온다. (때로는 절간 자체가 전장이 되기도 한다.) 그리고 때로는 멋진 전사가 되기도 한다. 이 싸움에서의 기본적인 진실은 끝도 없이 샘솟는 저 욕망들을 하나씩 하나씩 채워나가는 것이다. '채우기, 얻기, 만들기, 이루기'가 그 핵심인 것이다. 관련된 이론은 넘쳐나지만 이것도 참 만만치가 않아 이 단어들 중의 어느 하나를 나 자신이 직접 실행하기란 너무너무 어려운 것이 실상이다.

삶이라는 것은 이론 이전의 엄연한 실체다. 태어난 이상 우리는 어쨌거나 이 길을 가지 않으면 안 된다. 그 핵심에 '마음'이 있다. 마음이라는 것이 옷을 입고 신발을 신고 세상을 걸어 다니며 이런저런 상황에 부딪치는 것, 그게 인생인 것이다. 바로 그 마음을 채울 것인지 비울 것인지를 우리는 그때그때 결단하지 않으면 안 된다.

무슨 '성공론'은 아니지만 그 엇비슷한 소리를 한마디 하자면, 인생을 성공에 가까운 쪽으로 가져가려면 이 채우기와 비우기를 그때그때 적절히 잘 버무려야 한다는 것, 그것이 인생의 진정한 성공을 위한 요령이라는 것이다. 길이 트이면 채우고, 길이 막히면 비우고, 그렇게 마음의 균형을 잡아가는 것이다. 살다가 보면 길은 트이기도 하고 막히기도 한다. 그래서 우리는, 오늘도 그리고 내일도 저 햄릿의 표정으로 물어봐야 한다. "채울 것인가, 비울 것인가, 그것이 문제로다." 생각해보면 그것이 우리네 삶의 묘미 내지 재미일지도 모르겠다.

힐링

● ● 　진정한 힐링은 상처의 직시 없이는 불가능하다. 결국은 사랑만이 그 상처를 아물게 한다.

　　"언어는 존재의 집이다"라고 20세기의 대철학자 하이데거는 말했다. "언어는 존재의 그림이다"라고 그와 동갑내기인 대철학자 비트겐슈타인은 말했다. 이 말들은 20세기의 수많은 사람들에게 각자의 의미로 해석되어 각인되었다. 나는 그들의 언어론에 대해 논문까지 쓴 적이 있으니 그 학문적 '풀이'에서는 이제 좀 자유로워져도 좋을 듯싶다. 그래서 이 말을 그냥 내 멋대로 좀 '사용'하기로 한다.

　　"언어는 존재의 거울이다"라고 21세기의 나는 말한다. 이 말은 우리가 말하는, 그리고 우리 주변에서 들려오는 언어들이 이른바 존재, 즉 "지금 여기서 무엇이 어떠하다"라고 하는 실존적, 사회적 상황을 거울처럼 여실히 비추어준다는 뜻이다. "아이고, 죽겠다"라고 내가 말한다면 지금 내가 현실적으로 힘들다는 실존적 상황을 그 말이 알려준다. "어, 시원하다"라고 내가 말한다면 그 말은 지금 시원한 바람이 불고 있거나 국물이 맛있거나 미운 녀석을 혼내줬거나 하는 상황, 즉 일종의 존재를 반영한다. 우리는 기쁨과 행복의 한가운데서 "아이고, 죽겠다"는 말을 하지 않으며, 한여름 뙤약볕 아래서, 맛없는 국물을 마시며, 가슴에 돌덩어리를 품은 채 "어, 시원하다"라고는 말하지 않는다. 그냥 입에서 나오는 말이 아닌, '가슴'에서 나오는 말은 이러한 '거울이론'에서 예외가 없다.

얼마 전부터 한국사회에서는 '힐링'이라는 말이 빈번히 들리기 시작했다. (치유라는 말이 더 좋을지도 모르지만 요즘 시대에 굳이 이 영어 표현에 시비를 걸 이유도 없다.) 그것은 일종의 사회적 화두가 되었다고 말해도 좋다. 이 말은, 누구나가 알 일이지만, 우리 사회에 그만큼 힐링이라는 것이 절실해졌다는, 그만큼 우리 사회의 상처가 많고 깊어서 그 고통을 호소하는 사람들이 많아졌다는 참으로 안타까운 현실, 즉 존재를 비추어 보여준다.

상처와 고통이라는 인간의 이 실존적 현상은 사실 거의 회피할 수 없는 인간의 운명에 가깝다. 그 보편성을 누구보다도 날카롭게 통찰한 것이 석가모니 부처였다. 그는 '고(苦)'라고 하는 것을 네 가지 신성한 진리(4성제: 고집멸도)의 첫 번째로 꼽았다. 수필가 L씨도 이런 상처론을 "상처는 세상을 내다보는 창이다"라는 흥미로운 글로 표현한 바 있다. 나는 이러한 진리를 거듭하여 알리는 나팔수의 역할을 마다하지 않는다. 특히나 우리는 일상 속에서 실제로 발생하는 구체적인 상처와 고통을 우선 주시하지 않으면 안 된다. (물론 사회, 국가, 민족, 인류 차원의 상처도 거시적으로는 관심의 대상이 되어야 한다.)

생각해보면 힐링을 필요로 하는 상처들은 많은 경우 욕구의 좌절에서 비롯되지만, 또한 대개는 사람들, 특히 인생의 과정에서 긴밀하게 얽히게 되는 아주 가까운 사람들로부터 받게 되는 경우가 대부분이다. 심지어는 치유 불가능할 정도의 깊은 상처를 받게 되는 경우도 드물지 않다. 그런 것은 이른바 트라우마의 형태로 멀쩡했던 사람을 환자의 상태로 몰아간다. 프로이트의 심리학은 그러한 사례들을 넘칠 정도로 보여준다.

따라서 진정한 힐링은 상처의 이해에서부터 출발하지 않으면 안 된다. 그리고 그 상처가 사람에 의해 야기된 것이라면 원인이 되는 그 사람(들)과의 그 '잘못된 관계'를 이해하고 가능한 범위 내에서 그 관계를 '바로잡기' 위한 노력이 시도되지 않으면 안 된다. 일단은 그것이 필요하다. 그것이 가능하다면 최선이다. (혹은 제3의 인물이 있어 그가 이 문제적인 상황을 풀어준다면 그것도 최선에 가깝다.)

그러나 이게 말이 그렇지, 그렇게 만만한 일이 아니다. 대체로 보면 남에게 상처를 입히는 사람들은 그런 일을 그다지 괘념치 않는 사람이거나 적어도 자기가 상처를 주었다는 사실 자체를 잘 모른다. 스스로 그것을 인정하고 반성하고 관계를 바로잡고자 하는 사람은 요즘 시대에서는 사실 거의 성인에 가깝다. 함부로 상처를 주는 '고약한 사람들'을 개과천선시키는 일은 어쩌면 혁명보다도 더 어려운 일일지도 모른다.

그래서 사람들은 이른바 '차선'들을 입에 올린다. 이를테면 예술과 자연 같은 것이다. 음악이나 미술 등은 잘 알려진 대로 어느 정도 힐링의 효과가 있다. 누군가의 고함소리보다는 타이스의 명상곡이나 바흐의 미뉴에트가 훨씬 더 듣기 좋고, 누군가의 성난 얼굴보다는 프라고나르의 독서하는 소녀나 다 빈치의 미소 짓는 모나리자가 훨씬 더 보기 좋지 않은가. 직접 노래를 부르거나 그림을 그리는 것은 더욱더 좋다. 그런 음악과 미술은 적어도 우리의 상처 받은 마음을 보듬어 위안을 주거나 혹은 표현으로 인한 분출의 효과를 가져다준다. 그것으로 최소한 어느 정도 자기억압의 해소는 가능한 것이다. 그리고 강이나 산이나 바다, 또는 바람소리, 물소리, 새소리 같은 자연만 해도 웬만한 의약품 못지않은 효과가 있을 수 있다. 운동과 레크리에이션도 거기에 추가될 수 있다. 이런 것들은 찾아보면 또 많다.

그런데 그보다는 훨씬 더 좋은 것이 사람과의 대화를 통해 마음의 문을 열고 자신의 숨겨진 상처를 드러내는 일이다. 그럴 경우 사람들은 대개 눈물을 쏟으며 내적인 고통을 토해낸다. 그러면 체증이 가라앉듯이 치유의 효과를 보게 된다. 그런 대화나 상담이 가능한 사람을 우리는 적어도 한두 사람 주변에서 찾을 수 있어야 한다. 그것이 없을 때는 그 상처와 고통이 만성화된다. 그것은 결국 사회 전체, 세상 전체를 병들게 한다. 그런 것은 비극이고, 비극적인 세상은 '좋음'을 지향했던 이 세상의 창조원리와도 부합되지 않는다.

아픈 것은 누구에게나 참 싫은 일이다. 특히 마음이 아픈 것은 몸이 아픈 것보다 더욱 괴롭다. 남이 아픈 것을 보는 것도 좋을 턱이 없다. 누군가의 아픔이 나 자신의 아픔보다 더 아픈 경우도 있다. 그런 것을 우리는 사랑이라고 부른다. 진정한 사랑은 '… 때문에'가 아닌, '…에도 불구하고'라는 것을 특징으로 한다. 이런 사랑이야말로 힐링을 위한 최고의 영약이다. 마음에서 나오는 이것은 돈도 들지 않는다. 마치 샘이나 화수분처럼 아무리 사용해도 마르는 법이 없다. 그런데 요즘 시대를 보면 사람들은 이 사랑에 너무나 인색하다. 우리 시대가 진정으로 힐링을 원한다면 우리는 무엇보다 이 사랑이라는 것의 막힌 물꼬를 터줘야 한다.

그 옛날 예사롭지 않은 한 청년이 있었다. 그는 사람들에게 "서로 사랑하라"고 가르쳤다. 심지어 그는 원수까지도 사랑하라고 가르쳤다. 용서하라고도 가르쳤다. 그 말 자체가 이미 사람과 세상에 대한 큰 사랑이었다. 사람들은 그런 사랑에 오히려 죽음이라는 형벌로 대답했다. 그로부터 2천 년이 지난 지금은 어떤가. 우리는 그 사랑이라는 것을 제대로 하고 있는가. 부부들도 부모 자식들도 형제들도 친구들도 동료들도 제대로 사랑이라는 것을 하고 있는가. 주변을 둘러보면 사랑은커녕 온통 미움들만이 사람들 사이를 유령처럼 배회하고 있지 않은가. 인터넷에도 증오는 마치 독버섯처럼 그 영토를 착실하게 넓혀간다.

정말이지 힐링이 필요한 시대다. 그래서 나는 인문학자의 한 사람으로서, 아니 그 이전에 인간다운 인간이고 싶은 한 사람으로서, 그 옛날 언덕 위에서 어이없이 죽임을 당한 그 청년을 기리면서 그의 이름으로 다시금 그의 말을 세상에 전하려 한다. 사랑하라고. 제발 서로 좀 사랑하라고. 그 사랑 끝에 힐링이 있다고. 그것이 곧 구원이라고.

구원

● ● 알 수 없는 저 절대자나 이른바 해탈의 경지를 괄호 친다면 그래도 인간에게는 인간만한 구원도 없다. 그 최선의 형태가 곧 '사랑'이다.

"아직도 오직 한 신만이 인간을 구원할 수 있다(Nur noch ein Gott kann uns retten)."

이 말은 20세기의 대철학자 마르틴 하이데거가 남긴 '유명한' 말 중의 하나다. 이 말은 그가 나치 관련 문제로 곤욕을 치르다가 겨우겨우 그 곤경을 벗어난 시점에서 한 신문과 인터뷰를 하며 살짝 내뱉은 한 토막이다. 그 인터뷰는 그 자신의 요청에 따라 그의 사후에야 사람들에게 공개되었다. 이 말은 사르트르에 의해 '무신론적 실존주의자'로 규정되었던 하이데거를 재해석하는 결정적인 단서로 곧잘 원용되기도 한다.

여기서 무슨 철학 논문을 쓰려는 것은 아니다. 나는 최근에 '구원'이라는 이 단어를 내 생활의 한 '화두'로 삼고 있다. 현학적인 모든 논의를 벗어나 단순하게 생각해보면, 구원이란 아주 어렵고 힘겨운 상황에서 벗어나는 것/벗어나게 하는 것을 말한다. 그런 어떤 힘? 행위? 상태? 대략 그런 것이다.

생각해보면 이 말은 지상에서 삶을 살아가는 모든 인간들에게 참으로 절실한 것이 아닐 수 없다. 삶의 곤경 내지 고통이라는 것이 인간 내지 인생의 거의 필수적, 필연적인 혹은 본질적, 보편적인 현상이기 때문이다. 곤경 내지 고통과 완전히 무관한 인간이 만일 한 명이라도 있다면 그는 이미 인간이 아닐 것이다. 불안, 근심, 걱정, 염려, 어려움, 좌절, 실망, 절망, 괴로움, 힘듦, 고충, 고뇌⋯ 이런 식으로 그것과 관련된 언어들만 짚어봐도 충분히 알 수가 있다. 이 단어들에 대한 논의는 그것만으로 아마 100권의 전집이 나올 하나의 철학으로 성립될 수 있을 것이다.

멀리 갈 것도 없다. 자신의 주변을 둘러보면 곧바로 안다. 조금만 깊숙이 사람들의 마음속에 들어가보면 누구 한 사람 예외 없이 거기에 무겁고 힘들고 슬프고 아픈 고통의 강물이 흐름을 발견할 수 있다. 때로는 거세게 때로는 가늘게. (당연하지만, 최고의 선진국이라는 이곳 미국에서도 그것은 전혀 예외가 아니었다.)

이러한 현상에 아마도 가장 큰 관심을 기울인 이는 저 석가모니 부처가 아니었을까. 그는 이런 현상의 결과와 원인과 해결책까지 제시했다. 널리 알려진 3법인, 4성제, 8정도, 12연기 같은 것이 다 그것과 관련된 가르침이다.

하지만 보통 사람들에게는 이런 가르침이 곧바로 구원 내지 구제로 이어지지는 않는다. 그렇게 쉬운 일이라면야 출가, 수행, 정진이라는 저 어렵고 험난한 구도의 길을 누가 굳이 가려 하겠는가. 온갖 고통의 원인이 되는 집착을 버리고 떠난다는 것이 그만큼 지난한 과제이기 때문이다.

그래서 또 많은 사람들은 신에게, 전지전능하다는 절대자에게 그것을 간구한다. (하이데거의 저 말도 결국은 그 선상에 있다.) 하지만 이 것 또한 그렇게 만만한 것이 결코 아니다. 신의 존재 자체가 유한한 우리 인간들에게는 이른바 '존재'라는 현상과 함께 '영원한 수수께끼'로 남아 있기 때문이다. 하이데거 같은 엄청난 거장도 결국 그 신의 '눈짓(Wink)', '스쳐감(Vorbeigang)'을 이야기할 수 있을 따름이었다. 지금 무려 70억의 인간들이 아마도 수천 억의 고뇌들을 각자의 삶 속에서 겪고 있지만 신이 그 신음소리와 기도를 들으시고 그 간절함에 답하시고 구원의 손길을 내밀어주셨다는 증거는 확인할 길이 없다. 지상에는 지금도 무수히 많은 '교회들'이 비록 존재하지만, 신이 과연 그 모든 곳에 임재해 계시는지도 알 수가 없다. 엄청나게 거대하고 막강한 종교적 세력의 존재는 확실하지만.

그래서 불교나 기독교, 천주교는 모든 인간들에게 하나의 가능적인 영역 내지 차원으로 열린 채 남아 있을 뿐 그것이 곧장 삶 속의 구체적인 구원으로 연결되기는 쉽지가 않다.

그래서 삶의 어려운 상황에서 벗어나는 일인 구원은 아직도 그냥 인간들 자신에게 내맡겨져 그 허약한 어깨에 짐으로 걸쳐져 있다. 불쌍한 인간들은 때로 자연이나 예술로부터 약간의 구원을 선물처럼 받기도 한다. 하지만 그 어떤 자연이나 예술도 '사람'만한 구원을 주지는 못한다. 알 수 없는 저 절대자의 절대적인 구원이나 이른바 해탈의 경지를 괄호에 넣어두고 생각하자면 그래도 인간에게는 인간만한 구원도 없다. 그 최선의 형태가 곧 '사랑'이 아닐까 한다. 가족의 사랑도 그렇겠지만 남녀의 사랑은 특히 그렇다. (그 하나의 상징이 신데렐라와 왕자님이다. 왕자님은 신데렐라에게 곧 구원이었다.) 이 험난한 세상에서 힘겨운 삶을 살아가는 불쌍하고 불쌍한 우리 인간들에게 '사랑'은 그 고통을 치유해주는 확실한 효능이 있다. 그 증거들은 저 수많은 문학들을 비롯해 넘쳐날 정도로 많다.

그러니 부디 그 사랑에 인색하지는 말자. 당신의 곁에 그 한 사람이 없지 않다면 그/그녀를 보며 웃음을 짓자. 따스한 눈길을 보내며 다정한 한마디 말을 건네자. 사랑한다고. 그리고 사랑해달라고. 그 사랑이 당분간은 부처님의 대신이 되고 신의 대신이 되어줄 것이다. 부처님 자신이, 신 자신이 언젠가 어디선가 그 진짜로 큰 손을 내밀 때까지. 당분간은.

제3부 하버드의 느릅나무

미국을 아세요?
싸이 현상
제362회 하버드 졸업식
미국에서 꾸는 꿈
'최고'라는 것
당신은 누구십니까?
고전의 꿈
"신사 숙녀 여러분!"
질문 있습니다
유유상종
무대는 정직하다
"철학에는 왜 그렇게 여자가 적은 것일까?"
철학이 있던 청춘의 풍경
하버드의 느릅나무

미국을 아세요?

● ● 앞만 보는 사람들은 뒤도 보아야 하고 뒤만 보는 사람들은 앞도 보아야 한다. 가장 좋은 것은 그 '속'에 들어가 그것 자체가 되어보는 것이다.

만일 우리 한국인들에게 '미국에 대해' 한마디 해보라고 한다면 어쩌면 5천만 개의 대답이 돌아올지도 모르겠다. 정도의 차이는 있겠지만, 누군가는 미국을 좋아할 것이고 누군가는 미국을 싫어할 할 것이다. 아마도 저마다 그 나름의 이유들이 있으리라. 그런데 너무나 당연한 이야기지만, 세상에 좋기만 한 나라도 없고 나쁘기만 한 나라도 없다. 미국도 그렇다. 특히 미국은 엄청나게 크고 센 나라인데 어찌 양면이 없겠는가. 더욱이 미국은 자타공인 다양성을 기반으로 한 사회가 아니던가. 5천만의 눈으로 보자면 아마 5천만 개, 혹은 그 이상의 미국이 있을 것이다. 그런데 실제로는 칭찬 일색인 사람들도 있고 비난 일색인 사람들도 있다. 어떤 경우에나 그런 것은 좀 위험하다.

물론 이런 식의 문제에 '정답'이란 것은 있을 수 없다. 정답이 아니라는 것을 전제로 나는 이런 이야기를 꼭 한국의 친구들에게 들려주고 싶다.

먼저 칭찬 일색인 사람들에게.

I agree(동의한다). 사실 미국은 얼마나 좋은 나라인가. 그 좋은 점을 말하기 시작하면 책 몇 권으로도 모자랄 것이다. 무엇보다도 '아메리칸 드림'에 자기 인생의 모든 것을 걸고 미국으로 향하는 세상 수많은 사람들의 발걸음이 그것을 증명해준다. 뭔가 좋으니까 오는 것이다. 이를테면 민주주의, 자유, 기회, 합리성, 경제적 풍요 기타 등등. 웬만한 한국 사람 치고서 한두 다리 건너 미국과 무관한 이는 아마 거의 없을 것이다. 나만 하더라도 동창들 수십 명이 미국에 정착해 살고 있고, 일가친척들 중에도 영주하는 이들이 있고, 동료들 중에 여행이든 거주든 한 번씩 미국을 거쳐 가지 않은 이들은 거의 없을 정도다. 이들의 이야기를 들어보면 누구는 맨해튼의 활기에 감동하고, 누구는 그랜드캐니언과 나이아가라의 스케일에 감동하고, 또 누구는 이들의 창의성 내지 도전성에 감동하기도 한다. 나 또한 거기에 보태고 싶은 내용이 하나둘이 아니다. 이를테면 포스터의 노래들, O. 헨리의 단편들, 디즈니의 만화들, 할리우드의 옛 영화들…. 이것들만 해도 미국은 칭찬의 대상이 되고도 남는다.

다음 비난 일색인 사람들에게.

I agree(동의한다). 사실 미국은 얼마나 문제가 많은 나라인가. 그

나쁜 점들을 열거하자면 그 또한 책 몇 권으로도 모자랄 것이다. 그 책들은 아마도 걸핏하면 성조기를 불태우고 촛불을 드는 전 세계 수많은 사람들이 끝도 없이 써주고 또 써줄 수 있을 것이다. 이를테면 잊어버릴 틈도 없이 빈발하고 있는 총기난사 사건들, 고압적인 미국 대사관 직원들의 오만한 태도들, 한국 등 해외 주둔지에서 걸핏하면 문제를 일으키고도 제대로 처벌도 받지 않는 미군 병사들, 은근히 바닥에 깔려 있는 인종주의, 거대한 무기산업, 거대자본의 횡포와 장난질, 특히 무엇보다도 철저하게 이익에 따라 움직이는 정책들…, 게다가 일본의 집요한 로비와 영향력에 휘둘려 그들의 악에 눈을 감고 은근히 편들어주는 경우를 볼 때면 아무리 친미적인 인사더라도 미국에 대해 섭섭함과 얄미움 같은 것을 느끼지 않을 수 없게 된다. 동해와 독도가 대표적인 경우다. 아니, 일본의 조선 침략에 대해 방조하고 입을 다물었던 당시의 미국 정치가들이 더 대표적인 경우일지도 모르겠다.

예컨대 이런 양면을 균형 있게 다 바라보아야 한다고 나는 말하고 싶은 것이다. 전자에게는 후자를, 후자에게는 전자를 똑바로 직시하라고 나는 분명히 말하고 싶다.

덧붙여 우리가 꼭 알아두어야 할 것이 한 가지 있다. 그것은 미국이라는 나라의 '실체'가 묘하게도 '열려 있다'는 것이다. 단적으로 미국은 '이민국가'다. 우리가 너무나 잘 아는 대로 미국이라는 나라는 영국의 퓨리턴들을 필두로 유럽에서 건너온 사람들이 원주민인 인디언들을 몰아내고 그 땅에 건설한 국가인 것이다. 여기에는 유럽계와 아프리카계의 흑백뿐만 아니라 전 세계의 온갖 인종들이 뒤섞여 살고 있다. 뉴욕의 맨해튼에 가보면 그 사실이 곧바로 눈으로 확인된다. 우리는 그 점을 제대로 직시해야 한다. 특히 반미의 목소리를 높이는 분들이 그 점을 잘 알아야 한다. 우리가 이런저런 이유로 비난하고 있는 그 미국에는 전국 방방곡곡에 250만이라고 하는 한국인들이 영주권 내지 시민권을 가지고 그 미국의 일부를 형성하고 있는 것이다. 한국인들도 여기에 들어와 뿌리를 내리면 미국인이 된다. 그것이 일단은 열려 있는 것이다. 아직은 그 영역이 매우 작지만, 그것은 얼마든지 더 확장될 수가 있다. 나는 그 영역을 넓혀가라고 권하고 싶다. 노력과 능력, 혹은 노력이나 능력, 그 무언가를 가지고 도전하라고 권하고 싶다. 그렇게 해서 이 드넓은 미국 대륙에 한국의 일부를 이식하는 것이다. 그것에 어떤 형태로든 성공한다면, 굳이 반미를 외칠 필요도 없다. 한국의 최대 자산은 '사람'이다. 그 자산을 미국이라는 기회의 땅에 투자해야 한다. 그것이 정책에도 반영되기를 나는 바란다.

나는 주말마다 보스턴과 케임브리지의 여기저기에 있는 한국 식당에 가서 밥을 먹는다. 나는 거기서 밥을 파는 그들이 한국에 앉아 반미를 외치는 사람들보다 훨씬 더 '애국'에 가까이 있다고 믿는 편이다. 보스턴에서 TV 채널을 돌리다가 우연히 한국 K-pop 전용 채널을 발견했다. 뉴욕 인근에는 아예 한국 방송들이 그대로 나오기도 한다. 보스턴도 뉴욕도 엄연히 미국이다. 그 미국의 일부를 한국이 '차지하고' 있는 것이다. 그런 영역이 이제 경제와 정치 쪽으로도 넓어져 나가기를 나는 기대하고 그리고 응원해본다. 그것이 미국의 핵심을 장악하고 있는 저 대단한 2퍼센트, 유대인들을 넘어주었으면 정말 좋겠다. 250만 재미 한국인들의 건투를 진심으로 빌고 또 빈다.

싸이 현상

● ●　A든 B든 꽃밭의 꽃들은 다 꽃이다. 눈길을 끄는 꽃들은 더욱 꽃이다. 그러나 가장 꽃다운 꽃은 스스로 꽃인 줄도 모르는 그런 꽃이다.

　가수 싸이(박재상)가 내가 머물고 있는 하버드에 와서 강연을 했다. '싸이와의 대화'라고 명명된 이 '학교 행사'에는 하버드 관계자들만 참석이 가능하다고 해서 나도 일단은 자격이 있는지라 큰 기대를 갖고 신청을 했는데, 워낙 신청자가 많아 아쉽게도 탈락이 되고 말았다. 무언가에 떨어지고도 이렇게 기분이 좋은 경우는 드문 일이다. 학교 당국이 급거 장소를 캠퍼스 한복판에 있는 800명 규모의 메모리얼 교회로 변경했음에도 불구하고 결국 신청자의 절반도 채 수용하지를 못했다. 일반 기사로 알려진 대로 그 행사는 탈락자들을 위해 인터넷으로 생중계가 되었다. 나도 아쉬운 대로 그 중계를 지켜보았다.

그의 인기는 정말 대단했다. (그는 확실한 한국의 자랑이었다.) 이른바 세계 최고 수준이라는 하버드 학생들은 "마음껏 사진을 찍어도 좋다"는 진행 교수의 멘트에 열광하면서 그가 등장하자마자 연신 카메라의 셔터를 눌러댔다. (특히 그가 도중에 선글라스를 벗고 맨얼굴을 드러냈을 때 학생들은 그 찬스를 놓치지 않았다.) 역시 알려진 대로 그는 노래도 춤도 없이 오직 강연과 대화만으로 그 두 시간의 행사를 이끌어갔다. 당초 인터넷이 허풍을 떤 만큼 그의 영어가 '대단한' 것은 아니었지만, 그래도 그 시간을 내내 영어로 채울 수 있었다는 것은 사실 충분히 칭찬받을 만한 일이었다.

좀 짜게 말하자면, 그의 경험담, 성공담 외에 뭐 특별히 대단한 내용이 있었던 건 아니었다. 특히 그가 처음 보스턴에 유학 왔을 때 영어를 잘 몰라 '설사'를 'water s×××'로 설명해서 위기를 넘겼다는 대목에서는 듣기가 좀 '거시기' 하기도 했다. 하지만 그는 유학 당시 찰스강 건너로 선망하며 바라보기만 했던 이곳 하버드에 총장의 초청을 받아 오게 될 줄이야 누가 알았겠느냐며 "'인생이란 참 아름답지 않은가요?'라고 말해 박수를 받아냈고, 지난 수년간 자신이 '최고'는 아니었지만 '최선'을 다하지 않은 적은 없었다고 말하면서 또 한 차례 박수를 받아내기도 했다. 그리고 자신의 신곡이 빌보드차트 33위를 차지했다는 소식에 실망스러워하는 자신의 모습을 보고 스스로도 놀랐다며, 빌보드에 올랐다는 사실 자체만 해도 얼마나 대단한 일이냐하는 대목에서도 박수가 나왔다. 미국 학생들은 그런 '박수'의 타이밍을 절대로 놓치지 않았다.

그 '대단한' 행사가 끝난 며칠 후, 현지의 한인 신문 『보스톤 코리아』에는 그 후일담을 전하는 기사가 하나 게재되었다. 개인적으로 좀 아는 기자의 기사이기도 해 관심 있게 읽었는데, 학생들이 삼삼오오 그때 이야기를 화제로 삼으며, "기대 이상이었다"는 반응을 보였다는 것이 특히 나에게는 인상적이었다. 그것이 어찌 그가 행사 후에 '쏜' 비빔밥 때문만이었겠는가.

한 한국인으로서 기념하지 않을 수 없는 이 성공적인 하버드 행사에 대해 이야깃거리가 한둘이 아니겠지만, 나는 개인적으로 왜 그가 그토록이나 대단한 관심의 대상이 되었는지, 그것에 관심이 갔다. 한 학생의 질문에 대해 그 자신이 답변한 대로 그것의 핵심은 오직 '재미(fun)'였다. 그는 파격적인 소위 B급 재미로 기록적인 인기를 얻어내었다. 나는 철학에 종사하는 한 학자로서 그리고 글을 쓰는 한 문인으로서, 그 어떤 철학자나 시인도 이런 인기와는 거리가 멀었다는 사실을 비교해 생각해보지 않을 수 없었다. (문학의 경우는 그래도 철학보다는 좀 낫다.)

나는 물론 철학이나 문학 같은 장르가 우리에게 줄 수 있는 소위 A급의 재미를 잘 알고 있고, 그것을 강조하고 선전해왔으며 앞으로도 그럴 것임에는 변함이 없다. 하지만 이번 행사를 지켜보면서 나는 그 B급의 재미라고 하는 것의 위력을 '실감'하지 않을 수 없었다. 그것이 저토록이나 '자연스러운' 것일진대 그 누가 저것을 말릴 수 있겠는가. 나는 개인적으로 그러한 재미를 잘 모르는 사람이기는 하지만, A급의 재미가 경원시되며 사람들의 관심이 A에서 B로 이동해가는 이 시대적 추이에 대한 우려도 작지는 않지만, 그래도 사람들이 그 B급 재미를 재미있어 한다면, 그것은 그것대로 하나의 '세계' 내지 '차원'

으로서 인정해주어야 한다는 입장이다. (아니 그 세계적 규모의 위력을 보면 인정해주고 말고도 없겠다.) 그것은 내가 오래전부터 강조해왔던 '문화적 공화주의' 내지는 '조화주의'에 속하는 것이다. '타인에 대해 해악을 가하지 않은 한' 모든 것들은 그렇게 공존할 수 있어야 한다. 인간에게는 그렇게 '다양한 세계들'이 있는 것이다. 누구는 A를 선호하고 누구는 B를 선호한다. 그것은 변화할 수도 있고 교환될 수도 있고 때로는 융합될 수도 있다. 그 모든 것이 우리 인간들에게는 '선택지'로서 주어져 있는 것이다. 사르트르가 말한 '실존적 선택'에는 A급의 재미와 B급의 재미에 대한 선택도 포함되어 있는 것이다.

나 같은 사람이야 죽었다가 깨어나도 말춤 같은 것을 추지는 못하겠지만, 바로 그것으로 그 어떤 한국인도 얻어내지 못했던 이곳 하버드에서의 인기를 얻어낸 싸이에게 한국인의 한 사람으로서 큰 박수를 보낼 수밖에 없었다. 그것은 나의 하버드 시절, 2013년 5월의 한 자랑스러운 사건이었다.

제362회 하버드 졸업식

● ●　대학의 졸업은 본격적인 인생의 출발점이다. 앞에서 기다리는 건 이제
안개 자욱한 숲길. 그 길의 이름은 오직 자신의 두 발이 결정해간다.

　2013년 5월 30일, 내가 머물고 있는 하버드대학에서 제362회 졸업
식이 열렸다. 362라는 이 까마득한 숫자와, 케네디, 오바마 등 이 행
사를 거쳐간 이들의 면면을 생각할 때 특별한 호기심이 없을 수 없었
다. 그래서 그 현장을 꼭 보고 싶었다. 그런데 행사 진행상 출입 통제
가 있어 당일날은 학교에 못 들어가고 대신 홈페이지의 생중계로 이
것을 지켜보았다.

　우리로서는 잘 실감이 나지 않는 이 숫자 362회도 그러했지만, 행
사의 내용에서도 이 졸업식은 뭔가 좀 달랐고 그중 몇 가지는 아주 인
상적으로 내 가슴에 와닿았다.

우선 첫째는, 일단 그 장소가 나무들로 빼곡한 도서관 앞 하버드 야드(Harvard Yard, 일명 300년 극장(tercentenary theater))였다는 것이다. 물론 이 대학은 분야별로 그 건물들이 좀 광범위하게 흩어져 있긴 하지만(특히 메디컬 스쿨의 롱우드 캠퍼스와 비즈니스 스쿨의 올스톤 캠퍼스는 강 건너 보스턴 쪽에 있어서 약간은 멀다), 아무튼 교정의 한복판이자 열린 공간인 그곳에서 행사가 치러졌다는 것은 모르긴 해도 어떤 상징적인 의미가 있을 터였다.

그리고 둘째는, 온 교정을 가득 채운 엄청난 숫자의 의자들과 그리고 실제로 참가해 그 의자들을 채워준 학생들의 숫자였다. 그들은 대충 '인증 샷'으로 바쁜 게 아니라 실제로 그 행사 자체를 즐기는 표정이었다. 학위복을 입고 있기에는 너무 더운 날씨라 다들 행사 안내 팸플릿으로 연신 부채질을 하고 있었지만, 그 더위가 그들의 즐거움을 크게 방해하지는 않는 분위기였다.

또 하나는, 무대 맞은편의 와이드너(Widner) 도서관을 비롯해 현장 곳곳에 내걸린 거대한 휘장들이었다. 하버드 교표와 각 스쿨의 고유문장이 그려진 이 거대한 휘장들은 그 졸업식 현장을 축제의 장으로 인식시키기에 충분한 효과가 있는 것들이었다. 그것은, 그날 교정 곳곳에 보였던 '실크해트'나 막간을 장식했던 '음악들'과 더불어 일종의 '문화'였고, 우리에게 익숙한 '경축 제○○회 졸업식' 같은 삭막한 현수막과는 전혀 차원이 다른 장식이었다.

또 하나는, 이 공식행사에 소위 '총장 축사'가 없고(오후 동창회 행사 때만 스피치가 있었다) 대신 문리대 학장이 대표인사를 하더라는 것이다. 특별히 그 이유를 물어보지는 않았지만, 그 사실 자체가 이미 기초학문에 대한 기본적인 존중과 경의를 보여주는 것이라고 해석할 여지가 있는 일이었다. 물론 드루 파우스트 총장은 설치된 무대 중앙의 약간 높은 곳에 앉아서 학위 수여를 위해 마이크 앞에 서는 각 학장들로부터 일일이 모자를 벗고서 표시하는 경의의 인사를 받았다. 그녀는 그 자리에서 학위 인증과 축하를 위한 그야말로 상징적인 '대표'였고 각 스쿨의 실질적인 '일들'은 학장들의 손에서 이루어진다는 그런 인상이었다. (하버드에서는 학장이, MIT에서는 학과장이 소위 행정적 실권을 행사한다고 알려져 있다.)

또 하나, 이 행사의 내용에서 단연 돋보인 것은 학부생 대표, 대학원 대표 등 '학생들'의 스피치였다. 학생에 의한 라틴어 스피치도 특이했다. 그것은 이 행사 자체가 바로 그들을 위한 축제임을 무엇보다도 확실히 알려주었다. 특히 학부생 대표 펠릭스 드 로센(Felix de Rosen) 군은 시간과 졸업의 의미를 새기는 제법 멋지고 감동적인 스피치를 한 후 총장에게로 달려가 포옹을 하고, 그날의 또 다른 주인공 중 한 명이었던 오프라 윈프리에게도 달려가 포옹을 해서 모두의 웃음을 자아냈다. 수년 전 학부 졸업 후 뉴욕에서 경찰을 했다는 대학원 대표 존 머라드(Jon Murad) 씨도 인상적인 스피치를 들려주었다.

또 하나 인상적이었던 것은 토크쇼의 여왕 오프라 윈프리와 테러를 겪은 토머스 메니노 보스턴 시장을 비롯한 명예박사들에 대한 학위 수여가 행사의 큰 비중을 차지했다는 것이다. 그들은 하나같이 각각 특별한 '의미'를 가진 인물들이었다. 학생들은 아마도 그들의 업적이 길게 소개될 때마다 그 특별한 의미를 자신의 내면에 비추어 새겨들었으리라. 그런 것도 어쩌면 교육의 일환은 아니었을까.

이런저런 점에서 그 졸업식은 나에게 좀 특별한 인상을 남겨주었다. 졸업식 자체가 '마침'과는 반대인 'commencement(시작, 개시)'로 불리는 것처럼 그것은 학생들에게 새로운 삶의 시작을 의미하는 것이었다. 그날의 그 행사는 그러한 여러 가지 중첩된 '의미'들을 충분히 느낄 수 있게 해주는 하나의 멋진 축제였다.

아닌 게 아니라 대학의 졸업은 그간의 기나긴 학업시대를 마치고 이제 세상이라고 하는 저 본격적인 삶의 무대, 거친 파도가 이는 바다로 출항하는 첫걸음이다. 인생의 한 페이지가 바로 여기서 넘겨지는 것이다. '시작'이라는 말에서는 그런 무게가 느껴졌다. 이제 저들의 앞에는 각각 어떤 시련과 영광들이 기다리고 있는 것일까? 문득 그 옛날 대학을 마치고 지금에 이른 나 자신의 삶의 파노라마가 반추되기도 했다.

다음 날 다른 행사가 있어 학교에 나갔다가 가까이 지내는 로스쿨의 펠로우 R변호사를 만났다. 그는, 현장을 정리하던 청소부 아주머니들이 그 학생들의 졸업을 마치 자기 일인 양 진심으로 자랑스러워하고 아쉬워하고 또 축하하더라고, 그 뒷이야기의 한 토막을 전해주었다. 그 또한 내게는 인상적이었다.

아직 그 졸업식의 뒷정리가 다 끝나지 않은 하버드의 교정을 걸으면서 무릇 행사란 그저 몇 장의 사진에 남을 뿐만 아니라, 가슴에 남을 축제가 되어야 하지 않을까, 그 고유한 의미들이 제대로 살아 음미되는 것이어야 하지 않을까, 그런 것이 이른바 '문화'의 수준을 가늠하는 척도가 되지 않을까, 그런 생각을 잠시 해봤다. 뭐 우리도 한 300년 더 지나면 그런 문화적인 졸업식이 불가능한 건 아니겠지만….

미국에서 꾸는 꿈

● ● 　꿈은 오직 그것을 꾸는 자에게만 하나의 금빛 가능성을 제공한다. 꿈꾸지 않는 자에게는 애당초 꿈같은 미래가 있을 수 없다.

"I have a dream(나에게는 하나의 꿈이 있다)."

보스턴과도 인연이 있는 마틴 루터 킹 목사의 이 말은 유명하다. 적어도 이곳 미국에서는 이 말이 하나의 '역사적 발언'이 되어 사람들의 가슴에 아로새겨져 있다. 흑인이 사람다운 사람으로 평등하게 공존하는 세상을 꿈꾸었던 '꿈같은 꿈'이었던 그의 이 말은 버락 오바마라는 흑인 대통령이 탄생함으로써 하나의 확고한 현실이 되었다. 우리는 지금 그런 종류의, 그런 크기의, 그런 빛깔의 꿈을 갖고 있는가?

어린 시절, 내가 다니던 초등학교에는 본관 입구에 커다란 바위가 두 개 놓여 있었고 거기에는 '꿈'과 '사랑'이라는 말이 새겨져 있었다.

특별히 그것 때문이야 아니겠지만, 우리는 그 교정에서 각자의 무지 갯빛 꿈을 꾸면서 1960년대를 뛰어다녔다. 그 꿈들은 비교적 영롱했고 그리고 제법 컸다.

지금 내가 살고 있는 미국의 케임브리지에는 시내 한복판에 센트럴 스퀘어(Central Square)라는 곳이 있고 이 조그만 광장에 네모난 유리 조각들을 붙여서 만든 원탑 모양의 크고 작은 조형물 세 개가 놓여 있다. 그 유리 조각들에는 세계 각국의 언어로 '꿈'이라는 글자들이 새겨져 있다. 한글로 된 '꿈'은 비교적 눈에 잘 띄는 위치에 붙어 있어서 처음 그것을 발견했던 날의 나를 기쁘게도 했다. 이 조형물은 하버드와 MIT의 꼭 중간쯤에 있어서 세계 최고를 자랑하는 이 두 대학 젊은이들이 품은 세계적 규모의 꿈, 푸르른 꿈을 상징하는 듯이 보이기도 한다.

비단 나만 그런 것이 아니라 외국에 나와서 생활하는 사람들은 한국에 있을 때보다 훨씬 더 많이 '한국'을 생각한다. 그리고 그것을 입에 올린다. 뉴욕에 사는 내 친구 H는 미국에 온 지 30년이 더 넘었는데도, 만나기만 하면 나라 걱정을 늘어놓는다. 요즘 같은 인터넷 세상에서는 한국에 관한 모든 정보들이 실시간으로 미국에 전달이 되니 그의 나라 걱정에도 꽤나 현실감이 느껴진다. 특히 이곳에서는 주변 어디에도 '중국'과 '일본'이 넘쳐나고 있기에 이곳에서 사는 한국인에게는 '한국'의 존재감이 상대적으로 더 아쉬울 수밖에 없다. (그런 점은 내가 독일에 살았을 때도 꼭 마찬가지였다.) 한국은 지금 도대체 어디쯤에 있는가?

하버드대학 바로 근처에는 미국이 자랑하는 시인 롱펠로(Henry

Wordsworth Longfellow)의 기념관이 있다. 한때 조지 워싱턴 (George Washington)의 사령부이기도 했던 이 집에는 하루에도 대략 40-50명의 방문객이 찾아온다고 한다. 그가 살았던 것이 1800년 대 중후반이었음에도 이 집에는 중국의 도자기들과 일본의 병풍, 소품 등이 장식돼 있다. 금발의 가이드가 자랑스럽게 그것들을 설명할 때 나는 착잡함과 불편함으로 입을 굳게 다물었다. 한국은 그때 도대체 어디에 있었는가?

지금 시대는 미국이 곧 세계임을 우리는 직시해야 한다. 싫더라도 그것을 인정하지 않을 수 없다. 그것이 마음에 들지 않는다면, 그렇다면 우리 한국이 미국을 넘어서보는 것은 어떻겠는가. 이건 누가 들어도 황당한 꿈일 것이다. 하지만 나는 누군가 그런 꿈을 좀 꾸어줬으면 좋겠다.

우연히 인터넷으로 본 한 기사에서 중국 모대학의 어느 교수님이 한·중·일의 연합 또는 한·북·중·러의 연합을 운운하는 것을 접했다. 그는 어쩌면 그 황당한 꿈을 실제로 꾸고 있는지도 모른다. 어쩌면 물과 기름 같은 이 세 나라 또는 네 나라가 연대하여 하나의 '아시아'가 되는 것은 거의 불가능한 일일 것이다. 전문가들도 거의 그렇게 단언한다. 하지만 만일, 그것이 현실이 된다면…, 통일 한국을 포함하는 그 아시아가 미국을 넘어설 가능성은 아마도 거의 99퍼센트에 가까울 것이다. 미국인들도 그것은 인정하지 않을 수 없다. 한국은 그 아시아 연합에서 중요한 이니셔티브를 쥐고 결정적인 역할을 할 수가 있을 것이다. 외교력에 따라, 어쩌면 수도를 한국에 두는 것도 가능하리라.

먹고살기도 쉽지 않은데, 그리고 중국도 일본도 다 이상한 판에, 무슨 개꿈을 꾸느냐고 누군가는 책망할지도 모르겠다. 하지만 과연 이대로 좋을 것인가? 우리는 물어봐야 한다. 바다 건너서 사랑하는 조국을 바라다보면 나오는 한숨을 막을 수 없다. '아시아'는커녕 나라 안에서도 갈가리 찢어져 서로 싸움질이다. 이런 식이어서는 도저히 국력이 자랄 수 없다. 합리적 토론이 없는 분열과 대립은 망국으로 가는 지름길이다. "너는 어느 쪽이냐"고 묻는 말들에 대하여 우리는 지금 옐로 카드, 아니 레드 카드를 꺼내지 않으면 안 된다. 그리고 좁아터진 한국을 넘어서 '세계'를 내다보지 않으면 안 된다. 역사의 수레바퀴가 굴러가는 소리에 귀 기울이면서 그것이 지금 어느 쪽으로 향하는지 가늠하지 않으면 안 된다.

"나에게는 하나의 꿈이 있다." 사랑하는 나의 운명, 나의 조국이 어서 빨리 통일을 이루고, 그리고 동서, 남북, 좌우, 상하 가릴 것 없이 하나가 되어 저 웬수 같은 중국, 일본과도 손을 맞잡고, 이윽고 유럽과 미국을 넘어 세계를 이끌어가고 싶다는 그런 꿈. 우리가 하기에 따라서는 얼마든지 현실이 될 수도 있는 그런, 찬란한 꿈.

'최고'라는 것

진정한 '최고'는 채찍과 당근만으로는 만들 수 없다. 그것은 자신의 본분을 최고의 즐거움으로 수행하는 자에게 자연스럽게 주어지는 선물과 같다.

"아~ 그건 모르겠네. 정말 모르겠어."

오늘 수업시간에 K교수는 한 학생의 질문에 대답하다가 한동안 이 말만 되풀이했다. 아니, 소위 세계 최고라는 하버드대학에서 교수라는 사람이 그런 말을 그렇게 쉽게 해도 되는 거야? 누군가는 그렇게 생각할지도 모르겠지만 그 자리에 앉아 있는 학생이나 나를 포함한 객원들 내지 일반인들의 표정에서 그 말에 대한 동요의 눈빛은 눈곱만큼도 찾아볼 수가 없었다.

많은 철학교수들조차 어렵다고 혀를 내두르는 저 하이데거의 『존재와 시간』을 강의하면서 그는 한 학기 내내 거의 막힘이 없었다. 나도 그것에 대해 책을 쓴 바가 있고 강의도 한 바 있지만 그는 내가 '전체의 맥락'을 위해 종종 건너뛰었던 소위 '디테일'한 부분들까지 건드려 마치 멸치잡이 저인망 어선처럼 강의를 끌어나갔다. 그 이해의 폭과 깊이, 정확도, 그리고 설명의 스킬 등은 '하버드'라는 명성에 충분히 걸맞고도 남음이 있었다. 오늘만 하더라도 그는 학생들의 날카로운 질문 공세를 헤쳐나가며 프레게, 메를로 퐁티, 후설, 칸트, 아리스토텔레스, 비트겐슈타인, 키에르케고르, 니체, 심지어는 도스토예프스키와 허먼 멜빌까지 동원했는데, 이야기를 들어보면 그들에 대한 이해가 '완전히 소화된 상태'임을 인정하지 않을 수가 없었다. 누군가가 썼던 '읽지 않은 책에 대해서 말하는 법', 뭐 그런 것과는 정말 거리가 먼 '진짜배기'였다.

그래, 솔직히 고백해두자. 내가 애당초 하버드에서 연구년을 보내겠다고 그에게 메일을 쓴 것은 그에 대해서 내가 뭘 알았기 때문이라기보다 세계 최고라는 하버드가 도대체 어떤 곳인가 하는 호기심 때문이었다. 여기에 온 사람치고 그게 없었다면 거짓이리라. 한국에서 태어나 한국인으로 인생을 살아온 사람이라면 이 '최고'라는 말에 대한 구속과 지향이 없을 수 없다. 삶의 모든 분야가 각각 이 최고라는 것을 정점으로 하는 수치상의 줄 세우기에 지배되면서 수십 년의 세월이 흘러온 거니까. 그것이 한국을 살리기도 했고 그것이 한국을 죽이기도 했다. 초등학교 이래 박사과정까지 나도 몇 번은 이 '최고'라는 것을 경험해봤고 어떨 때는 거기서 굴러떨어져보기도 했다.

그렇게 시소를 타면서 내가 느낀 것은, '최고'라고 하는 것에는 반드시 그만한 무언가가 있다는 것이다. 거저 되는 최고는 절대로 없다.

누군가가 무언가 특별하여 그 최고를 최고이도록 만드는 것이다. 내가 겪어본 바로는 이 K교수도 그중의 한 사람임이 분명해 보인다. 그는 최소한 자기 분야에서의 책무에 '최대한' 충실한 인사임이 틀림없다. 무엇보다도 그는 연구와 강의를 '즐기는' 것 같다. 그의 표정과 태도가 그것을 말해준다. 지난 시간에는 저『존재와 시간』이 정식으로 출판되기 전, 후설이 주관하던『철학 및 현상학 연구 연보』의 별책 부록으로 나왔던 그 초판을 들고 와 재미난 듯이 학생들에게 '구경'시켜줬는데, 그 표정에 재미있어 하는 기색이 역력했다. 그가 나를 만나면 하는 인사도 "즐기고 계신가요?" "많이 즐기십시오"였다. 설마하니 여기서 먹고 노는 것을 즐기라는 말은 아닐 것이다. 연구를 하겠다고 왔으니 연구를 즐기라는 말일 것이다. 본질에 충실하는 것, 그 본연의 이름값을 하는 것, 내가 평소에 강조해 마지않았던 바로 그것을 그는 몸으로 실천해 보여주고 있는 것이다. 바로 거기서 '최고'라고 하는 것은 자연스럽게 만들어진다. 그런 것은 결코 채찍과 당근만으로는 만들어지지 않는다.

20세기 '최고'의 철학자 중 하나로 공인되는 하이데거는 프라이부르크로 가기 전 한때 마르부르크대학의 조교수로 근무했는데 마침 니콜라이 하르트만이 자리를 옮기면서 정교수 자리가 비어 학장이 하이데거를 천거했다. 그런데 한참이 지난 후 이 천거는 반려되었다. "지난 10년간 업적이 없다"는 게 그 이유였다. 그런데 바로 그 10년간 하이데거는 20세기 최고의 고전이 될『존재와 시간』을 쓰고 있었던 것이다. 학장이 "아무래도 실적이 좀 필요할 것 같다"고 설득을 해서 하이데거는 그『존재와 시간』을 미완성인 채로 서둘러 저『연보』에 실어 별책으로 출간한 뒤 서류를 다시 올렸다. 그런데 그것도 한참 후 '불충분'이라는 딱지가 붙어 반려되었다. 그 사정을 알고 당시에 이미 유명인사의 반열에 올라 있었던 막스 셸러가 베를린으로 쳐들어가 장관에게 직접 항의를 했고 장관은 마지못해 하이데거를 승진시켰다고 한다. 유명한 이야기다.

실적이니 성과니 하면서 그것을 돈과 연결시키며 지금도 관료들은 학자들을 채근해댄다. 언론과 정치가들도 덩달아 부채질이다. 그 와중에서 연구와 강의를 '즐기는' 학자들은 사라져간다. 교수들의 표정은 냉소적이다. 알아서 즐겁게 하도록 그냥 맡겨두면 안 되는 걸까? 그러면 수치가 낮아지니까? 그 수치의 의미를 생각해본 적은 있는 것일까? 정치와 행정을 하는 분들께 저 하이데거의 이야기를 꼭 들려주고 싶다. 장관의 그 짓 때문에 하이데거의 그 『존재와 시간』은 결국 지금까지도 '미완의 대작'으로 남아 있다. 그게 없었더라면 그것은 지금 또 다른 모습으로 우리에게 주어져 있을 것이다. 역사에 이름을 굳건히 새긴 저 하이데거와 흔적도 없이 지워진 당시 그 장관의 이름을 지금 비교해보면 '알아서, 즐겨서 하는 일'과 소위 '채찍과 당근' 중 어느 것이 정답인지는 저절로 드러날 것이다. 소위 '평가'라고 하는 것은 결국 '세상'과 '세월'이라는 것이 자연히 알아서 하게 된다. 아니, 그 이전에 이미 본인이 그 결과를 알고 있다.

우리나라에서도 좀 제대로 된 '최고'가 자라나 언젠가 이 하버드를 능가하는 '최고의 대학'이 우뚝 서고 거기에 세계의 여러 학자들이 다투어 모여드는 그런 모습을 한번 봤으면 원이 없겠다. 언젠가 저 구름 위에서라도.

당신은 누구십니까?

● ● ● 　인간이란 자기와 세상 그리고 운명의 합작품이다. '어떤?'을 제대로 묻고
걱정하지 않으면 걱정스러운 인간과 세상은 필연이 된다.

"당신~은 누구십니까? 나~는 ○○○, 그 이~름 아름답구나."

내 어릴 적 희미한 기억으로 여자아이들은 곧잘 이런 노래를 하며
친구들의 이름 익히기를 했던 것 같다. 인터넷에서 누군가의 이름을
검색하다가 문득 이 노래가 머릿속을 스쳐갔다.

미국에서 생활하다가 보면 생활 주변 곳곳에 '남아 있는' 혹은 '새
겨져 있는' 무수한 이름들을 접하게 된다. 이를테면 도서관을 비롯한
건물들, 거리들, 공원들 등등에도 사람들의 이름이 붙어 있다. 내가
머물고 있는 하버드대학만 하더라도 와이드너 도서관, 로빈스 도서
관, 라몬트 도서관, 랭델 도서관 같은 것이 있고, 케임브리지 시내의

유명한 공원들만 보더라도 존 F. 케네디 공원, 롱펠로 공원 하는 식이다. 무엇보다도 사람들의 가슴속에 새겨져 있는 이 이름들은 나름의 '향기'를 지니고 있다.

우리 속담에 "호랑이는 죽어서 가죽을 남기고 사람은 죽어서 이름을 남긴다"라는 말도 있듯이 인생을 사는 우리 인간들에게 '이름'이라고 하는 것은 하나의 궁극적인 과제가 아닐까 하는 생각이 든다. 이 과제는 결코 가볍지 않다. 우리는 자신의 이름에 대해 무한 책임을 지지 않으면 안 된다. 그 책임이란 그 이름이 '어떤' 이름이냐 하는 데로 집약이 된다. '어떤 이름이냐'란, 곧 '어떤 사람이냐'라는 뜻이다. 그래서 나는 물어본다. 나는 도대체 어떤 사람인가? 당신은 도대체 어떤 사람인가? 파란 사람인가 빨간 사람인가, 넓은 사람인가 좁은 사람인가, 깊은 사람인가 얕은 사람인가, 따뜻한 사람인가 차가운 사람인가?

나는 학생 시절에 소위 '철학적 인간학'이라는 과목을 통해서 "인간이란 무엇(Was)인가?" 하는 물음을 접했다. 막스 셸러나 에른스트 카시러, 미햐엘 란트만 등등이 이런 물음을 진지하게 물었다. 마르틴 하이데거는 이런 물음을 "인간이란 누구(Wer)인가?"라는 실존적인 물음으로 변환했다. 각각 나름의 의의가 있었음을 지금의 나는 존경스럽게 인정한다. 그런데 나는 이제 이런 물음들을 "나는/당신은 어떤 인간인가?" 하는 물음으로 다시 한 번 변환할 철학적인 필요성을 강하게 느낀다. '어떤' 인간인가 하는 그것이 곧 삶의 조건인 '세상'의 성격을 규정하기 때문이다.

한 인간이 어떤 인간인가 하는 것은 사실 상당 부분 운명적으로 타고나는 측면이 없지 않다. 하지만 적어도 50퍼센트 이상은 살아가면서 세상과 자기 자신에 의해 '만들어진다'는 것을 우리는 또한 부인할 수 없다. 인간은 '가소적(可塑的) 존재'이기 때문이다. '어떤 사람'이라는 것은 삶의 여러 구조들, 조건들, 노력들에 의해서 만들어지는, 형성되는 것이다. 바로 그러하기에 '교육'이라는 것이 의미를 갖는 것이다.

우리의 교육은 (가정교육, 학교교육, 사회교육의 3대 채널을 통틀어서) 도대체 '어떤 인간'을 목표로 설정하고 있는가? 나는 무엇보다도 정책 담당자들에게 이러한 물음을 심각하게 물어보고 싶다. 외국에 나와 조국을 건너다보면 그 거리로 인해 전체 상이 상대적으로 잘 조망될 수 있다. 만나는 한국인들은 한결같이 한국을 걱정한다. 우리의 운명, 우리의 사랑하는 조국은 도대체 지금 '어떤 인간'들을 만들고 있는가. 지난 수십 년간, 그리고 지금도 여전히 우리의 교육은 '점수'에 의한 '줄 세우기'에서 벗어난 적이 없다. 거기서 소위 '잉여'가 양산된다. 그 위험성을 정책 담당자들은 전혀 의식하지 못하고 있는 듯하다. 그들이 요구하는 공부가 도대체 '어떤 공부'인가에 대해서도 근본적인 재검토가 이루어지지 않으면 안 된다.

'사람다운 사람', '수준 있는 사람'이 최우선적인 그리고 최종적인 목표가 되지 않으면 안 된다. 모든 기능 내지 실력들은 오직 그 '사이'에서만 의미가 있다. 그것을 위해, 최소한 100권쯤의 '좋은 책'을 읽어야만 대학에 입학하고 졸업할 수 있도록 그리고 취업이 가능하도록 틀을 만드는 것은 어떨까? 단순한 영어책이나 수학책이 아니다. 공무원 시험 참고서도 아니다. 그런 류의 지식들이 인간을 결정하고 인생을 결정하고 나아가 '세상'을 결정한다는 것은 참으로 걱정스러운 일이 아닐 수 없다. 요령 있게 점수를 잘 따는 사람들이 세상을 차지하고 세상을 움직이게 되면 그런 세상에서의 인생이 어떤 것이 될지를 우려해본 적은 없는가?

지금 세상을 둘러보면 바야흐로 '인문학적 혁명'이 필요한 시점이 아닌가 하는 생각이 든다. 지금 우리는 이미 상당히 '괴상한' 세상을 목격하고 있는 것이다. 사람다운 사람을 만드는 문학과 역사와 철학은 지금 어디에 있는가? 삶의 질을 높여주는 문화와 예술, 그리고 윤리와 체육(오락으로서의 스포츠가 아닌)은 지금 어디에 있는가? 지금 우리의 교육이 과연 젊은이들에게 (단순한 개인의 출세가 아닌) 꿈과 희망이라는 길을 열어주고 있는 것인가? 지금 젊은이들이 품고 있는 꿈의 크기는 얼마만한가? 그들의 가슴속은 얼마나 깊은가? 그들의 시야는 얼마나 넓은가? 그들의 눈은 어디까지를 내다보고 있는가? 우리는 한 인간에 대해, 삶의 주체인 인간에 대해, 그 크기와 넓이, 깊이와 높이 같은 것을 묻지 않으면 안 된다. 왜냐고? 답은 너무나 간단하다. 그게 인간이니까. 그래야만 비로소 인간이니까. 그것이 곧 진정한 행복을 결정하고 그 행복의 조건인 세상을 결정하니까.

나는 묻는다. "당신은 '어떤' 인간인가?" 거울 앞에 서보기를 권한다. 거기서 시작이다.

고전의 꿈

● ● 　고전은 곧 영혼의 재료. 그게 없다면 지금이라도 그것을 만들면 된다. 백 년만 지나도 천 년 전의 그것과 비슷한 이끼가 끼게 되니까.

　무슨 연유인지 나는 잠을 잘 때 꿈을 참 많이 꾸는 편이다. 어차피 이렇게 꿈을 꾸는 마당이니 내친 김에 깨어 있을 때도 꿈 좀 꾸어야겠다는 생각이 든다. 나는 그런 의미의 꿈도 많이 꾼다. 과거에도 많았고 지금도 많다. 돌이켜보면 나의 경우는 일견 황당해 보이는 꿈들도 꾸어보았고 그중에는 실제로 이루어진 것도 적지가 않다. 그럴 때는 그저 하늘이 고마울 따름이다. 그런데 나의 꿈은 많은 경우 사적인 희망의 틀을 넘어 '한국'이라는 것과 곧잘 연관이 된다. 우리 한국이 이러이러하게 되었으면 좋겠다, 그런 것이다. 일종의 애국병일까? 이건 어쩌면 외국 생활을 오래하면서 얻게 된 풍토병의 하나일지도 모르겠다.

　나는 인문학자이니 인문학적인 꿈도 꾼다. 그런 차원에서 지금도 꾸고 있는 꿈 중의 하나가 '고전'이다. 좀 더 구체적으로 말하자면 한국을 대표할 수 있는 고전을 하나 만들어 세계에 자랑스럽게 내놓을 수 있었으면 좋겠다는 것이다. '만든다'는 것은, 아쉽게도 지금 현재는 그런 것이 없다는 말이다. 중국에는 소위 5대 기서, 즉『삼국지』,『서유기』,『수호지』,『금병매』,『홍루몽』이 있고 일본에는『겐지이야기』라는 대작이 있다. 시대는 다소 뒤지지만 영국의 셰익스피어나 독일의 괴테나 러시아의 톨스토이가 쓴 것들도 훌륭한 고전으로서 평가받는다.

　비단 문학뿐만이 아니다. 중국에는 제자백가를 비롯해『사기』,『18사략』등 역사와 철학 분야에도 고전이라 할 만한 것들이 넘칠 정도로 많고 일본에도 여러 종의 '○○와카슈', '○○모노가타리'에다『고사기』,『일본서기』등 만만치 않은 고전들이 즐비하게 있다.

　우리에게도 그런 고전들이 없지는 않았을 터, 그것들은 지금 어디로 다 사라지고 만 것일까? 중국을 비롯한 북방 민족들과 왜의 침략으로 다 불타버렸을 수도 있지만 이제 와서 그것을 한탄해본들 소용이 없다. 나의 꿈은 지금이라도 늦지 않으니 그런 것을 한번 만들어보자는 것이다. 지금 만들어 천 년이 지난다면 그때는 천 년 전의 것이나 2천 년 전의 것이나 고전으로서의 가치에 큰 차이는 없다. 신라의 고전이 없다면 신라를 배경으로, 백제와 고구려의 것이 없다면 백제와 고구려를 배경으로 지금 작품을 쓰면 되는 것이다. 그나마 김대문의『화랑세기』가 존재한다는 것은 다행스럽다. 역사학계에서는 지금도 이 작품의 진위 여부를 두고 학문적인 논란이 있다지만, 나는 그것이 '소설'이라도 무방하다는 입장이다. (다만 그 스케일이 빈약함은 너무 아쉽다.) 일본의『고사기』나『일본서기』도 어차피 많은 부분, 소설이 아니던가.『화랑세기』의 주요 인물인 '미실'이나 그 동생 '미생'은 충분한 이야깃거리를 제공한다. 여러 풍월주들도 마찬가지다. 그런 이야기를 대하소설로 구성하여 거기에 인생의 미학과 진리를 반영한다면 얼마든지 고전이 될 수가 있는 것이다. 단 제발 좀 그 스케일이 컸으면 좋겠다. 땅덩어리가 좁아터졌으니 작품 속에서라도 스케일이 컸으면 좋겠다는 것이 나의 꿈이다. 그런 작품 속에서는 지금은 사라진 저 화려한 서라벌을 재건하는 것도 얼마든지 가능하다. 백제의 사비성도 고구려의 국내성도 거기서는 생생한 현실이 될 수가 있다. 중국의 저 의뭉스러운 동북공정에 맞서기 위해서라도 그런 고전을 만들어 세계에 그것이 한국의 것임을 알려야 하는 것이다. 이를테면 그 작품에서 '고주몽'과 '소서노'를, 혹은 '선화'와 '서동'을 잊을 수 없는 캐릭터로 재창조하여, '손오공, 저팔계, 사오정'이나 '가보옥, 임대옥, 설보채'나 혹은 '히카루 겐지, 무라사키, 후지쯔보'처럼 영원한 생명력을 부여한다면, 그렇게 해서 전 세계인에게 확실하게 그것을 각인시켜준다면, 중국인들도 조금은 그들과 그 배경인 고구려를 '한국의 것'으로 인식할 게 아니겠는가.

단군 이야기를 비롯한 신화의 재창조도 나에게는 간절한 꿈이다. 지금 우리가 갖고 있는 것으로는 그 규모와 내용들이 세계의 고전이 되기에는 너무도 빈약하다. 그럴 때는 '완전히 새로' 쓰면 되는 것이다. 누군가 제발 그런 것을 좀 써줬으면 좋겠다. 그리스 로마 신화를 능가하는 그런 조선 신화를.

주변을 둘러보면 인재는 많다. 그 우수한 인재들 중 그 일을 해줄 '단 한 사람'이 우리에게는 절실하게 필요하다. 자신의 전 인생을 걸고 단 한 편의 '고전'을 완성해줄 사람. 어쩌면 바로 당신이 '그'일 수도 있다. 자, 붓을 들어주기 바란다. 그리고 그 위대한 첫 줄을 적어주기 바란다. "태초에…" 혹은 "우리 신라에…", "우리 백제에…", "우리 고구려에…".

"신사 숙녀 여러분!"

● ◉ 하찮은 야초도 꽃으로 대하면 화초가 되고, 귀한 화초도 풀처럼 대하면 그냥 풀이다.

혹자는 아직도 기억할는지 모르겠다. 『마이 페어 레이디(*My Fair Lady*)』라고, 1964년에 나와 선풍적인 인기를 끈 영화가 있었다. 감독은 조지 큐커. 오드리 햅번과 렉스 해리슨이 각각 주인공인 일라이자 둘리틀과 헨리 히긴스를 연기했다. 그리고 윌프리드 하이드-화이트는 휴 피커링 대령을, 스탠리 할러웨이는 일라이자의 아버지 알프레드 둘리틀을 멋지게 소화했다. 내가 가장 좋아하는 '추억의 명화' 중 한 편이다. 나는 '인생론'이라는 교양과목의 첫 시간을 꼭 이 영화로 시작한다. 이유가 있다.

이 영화는 원래 극작가 버나드 쇼가 쓴 『피그말리온』이 원작인 셈인데 고대 그리스 신화에 나오는 피그말리온의 이야기를 모티브로 삼고 있다. 자신이 만든 조각이 워낙 아름다워서 '갈라테이아'라 이름도 붙이고 스스로 사랑에 빠진 피그말리온. 그의 간절한 소원에 감동한 여신 아프로디테가 그 조각에 생명을 부여해 인간이 된 그녀와 마침내 결혼하게 된다는 아름다운 이야기다. 이 영화는 거리에서 꽃을 팔던 일라이자가 우연히 언어학자인 히긴스 교수를 만나 그의 특훈을 거치면서 왕실 무도회에서 일약 공주 취급을 받는 스타가 되고, 그 과정에서 둘 사이에 묘한 사랑이 싹트게 된다는 대충 그런 이야기다.

이야기 자체로서도 재미있지만, 이 영화에는 참으로 많은 가치론적 메시지들이 마치 보석처럼 여기저기에 숨어 있다. 그중의 하나다. 주정뱅이 홀아버지 아래서 천하게 자라난 일라이자가 마침내 무도회에서 여왕님의 주목과 칭찬을 받고 왕자와 춤을 추게 되는 대성공을 거두게 된 날, 일라이자는, 성공에 도취된 채 춤을 추며 정작 자기에게는 무심한 히긴스에게 화를 내면서 집을 뛰쳐나간다. 남은 두 남자는 황급히 그녀의 행방을 찾아 나서는데, 결국 어머니의 집으로 가서 투덜거리는 히긴스 앞에 일라이자가 침착한 숙녀의 모습으로 나타난다. 히긴스는 어이없어 하지만 여기서 그들 간에 오가는 대화가 아주 흥미롭다.

어머니 : 네가 예의를 지키지 않는다면 쫓아버릴 거야.

히긴스 : 내가 주워다 키운 아이한테 예의를 지키라구요?

어머니 : 당연하지.

히긴스 : 말도 안 돼.

어머니 : (일라이자에게) 넌 어떻게 저런 내 아들한테 예절을 배웠니?

일라이자 : 쉽지 않았어요.

　　　　　피커링 대령이 아니었으면 예의가 뭔지 몰랐을 거예요.

　　　　　그분은 절 꽃 파는 소녀 이상으로 대해주셨어요.

　　　　　히긴스 부인, 꽃 파는 소녀를 주워왔다는 건 중요치 않아요.

　　　　　꽃 파는 소녀와 숙녀의 차이는 어떻게 대접받느냐의 문제예요.

　　　　　히긴스 교수께 저는 평생 꽃 파는 소녀가 될 수밖에 없어요.

　　　　　하지만 피커링 대령께 저는 항상 숙녀가 될 수 있죠.

　일라이자는 천박한 거리의 꽃팔이 소녀에서 공주님 같은 숙녀로 완벽한 변신에 성공했다. 그런데 그녀는 그 성공이 교수의 훈련보다도 대령의 '숙녀 대접' 덕분이었음을 이야기하는 것이다. 내가 특별히 주목하는 것은 바로 이 부분이다. "숙녀로 대접을 받으면 숙녀가 된다." "숙녀로 대접을 받아야 숙녀가 된다." 이 영화는 이런 식으로 사람이 사람을 어떻게 대해야 하는가 하는 '윤리'의 문제를 건드리고 있는 것이다.

　"네가 남에게 대접받고자 하는 대로 남을 대하라"라는 예수의 말씀이나 "너에게 싫은 바를 남에게 행하지 말라"는 공자의 말씀을 내가 '윤리의 대원칙' 혹은 '행위의 황금률'로 평가하는 것도 결국은 비슷한 취지다.

　1990년대 초, 내가 처음 독일에 갔을 때, 독일의 교수들이 거의 대부분의 수업을 "신사 숙녀 여러분(Meine Damen und Herrn)!"이라는 말로 시작하던 게 너무나 인상적이었다. 적어도 내가 겪어본 바로는 교수도 학생도 기본적으로는 모두가 신사고 숙녀였다. 그 핵심은 '상대방에 대한 인정과 존중'이었다. '함부로'가 없는 성숙한 사회라는 느낌을 지울 수 없었다. 너무나 부러웠다. 이곳 미국에서는 물론 그런 격식은 없다. 하지만 내용적으로는 그런 존중의 정신이 살아 있음을 살다 보면 몸으로 느낄 수 있다. 선진국은 그냥 어쩌다 되는 게 절대 아니다. 한 사람 한 사람의 '질(quality)'과 '격(dignity)'이 비로소 그것을 가능케 한다. 신사 숙녀라는 말 속에도 그런 질과 격이 녹아들어 있다. 언행을 보면 그것이 여실히 드러난다.

지금 우리 사회는 어떠한가? 주변에 어떤 말들이 난무하는지 귀를 기울여보자. 온갖 형태의 천민주의가 마치 걷잡을 수 없는 역병처럼 번지고 있다. 사람이 사람을 어떻게 대하는지는 굳이 멀리 갈 필요도 없다. 인터넷이나 TV만 켜봐도 곧바로 알 수가 있다. 신사 숙녀는 모두 다 어디로 사라진 걸까? 행방이 묘연하다. 실종신고를 내야 할지도 모르겠다. 예전에는 그래도 드물지 않던, 어디론가 밀려난 그들이 너무 그리운 요즈음이다.

질문 있습니다

●　●　●　　　모든 물음은 어떤 '답'을 기대한다. 그 답은 오직 묻는 자만이 얻을 수 있다. 그러나 진정으로 물어야 할 물음을 묻는 이는 흔하지 않다.

"질문 있습니다! 당신네들은 도대체 왜 그렇게 질문이 많은지 좀 답변해주시겠습니까?"

정말이지 나는 이 질문에 대한 답을 좀 들어봤으면 좋겠다. 미국 생활이 날수를 늘려가면서 내게 깊은 인상을 남긴 것 중의 하나가 이 '질문'이라는 것이다. 이들은 정말이지 질문이 많다. 어떤 때 보면 경쟁적으로 서로 손을 드는데, 질문을 하고 싶어 안달이 난 것 같은 느낌이 들 때도 있다. 대학의 강의에서도 그렇고 행사에서도 마찬가지다. 그리고 교수들은 그 질문에 대해 연신 "exellent(훌륭해)"와 "good question(좋은 질문이야)"을 남발한다.

물론 이곳이 '하버드'라는 좀 특별한 곳이라서 그럴 수도 있겠다. 그런데 강의나 행사에 참석한 이들을 보면 그다지 특별할 것 없는 일반인들도 적지가 않다. 그들도 질문 공세의 대열에서는 결코 빠지지 않는다. 비교라는 것이 바람직하지는 않겠지만, 그동안 내가 한국에서 겪어보았던 저 수많은 '질문 없는 침묵'의 곤경을 함께 떠올리지 않을 수 없었다.

생각해보니 이런 활발한 문답은 예전에 내가 독일에 있었을 때도 인상적으로 느꼈던 것 같다. 약간 뉘앙스의 차이는 있지만 그들이 가장 좋아하던 것이 '토론'이었다. 나는 이런 '질의응답', '토론'이 왠지 '선진국'이라는 단어와 일부 연결되는 것 같은 생각이 들기도 했다. 그것은 '선진'의 한 핵심인 이른바 공론을 위한 기본 풍경이 될 수도 있을 테니까. (물론 영국의 옥스퍼드나 케임브리지에서는 그 양상이 또 좀 다르다고 한다. 그곳으로 유학 간 미국 학생들은 교수들의 반응이 미국과 달라 몇 달 후에는 기가 죽고 좌절하고 이윽고는 침묵에 빠지는 경우가 많다고도 한다. 그곳의 교수들은 꼭 필요한 것이 아닌, 자기과시를 위한 질문에는 "왜 그런 질문을 하는 거지?" 하는 반응을 보이고 제법 쓸 만한 질문을 해도 "not bad(나쁘지 않군)" 하는 정도의 반응을 보인다고, 그곳에서 공부한 지인인 K교수가 알려주었다. 그러니 질문이 선진의 일의적인 기준이 될 수는 없겠다. 하지만 질문 자체의 철학적 의미는 분명히 있다.)

사람이 무언가를 궁금해한다는 것은 '앎' 내지 '이해'라는 것을 전제 또는 목표로 한다. 바로 거기에서 저 위대한 철학과 과학이라는 것도 유래되었음을 상기해보자. (하이데거 같은 이는 이 '물음(Frage)'

이라는 현상 자체를 아예 그의 한 철학적 개념으로 다루기도 한다.) 그런 점에서 이 의문 내지 질문이라는 것은 인류 전체의 발전 내지 진보와 무관하지 않다. 좀 과장해서 말하자면 그것은 우리 인간을 다른 모든 존재자들과 구별해주는 결정적 차이의 한 핵심일 수도 있다. 그러니 우리가 제대로 인간이려면 우리는 끊임없이 무언가를 물어야 한다.

물론, 중요한 것은 그 물음의 내용이다. 이를테면 "서울 강남에서 가장 맛있는 피자집이 어딘가요?" "앞으로 어떤 종목의 주식이 유망할까요?" "지금 부동산을 사는 게 좋을까요, 아니면 현금을 보유하는 게 좋을까요?" "○○암을 극복하려면 어떤 음식이 좋은가요?" 기타 등등, 우리들의 생활에 직접 맞닿아 있는 호기심과 질문들도 나름 충분한 의미와 중요성을 지니고 있다. 그런 종류의 질문들은 그것을 특화시킨 하나의 IT 대기업을 만들어낼 정도로 그 엄청난 규모를 과시하기도 한다. 하지만 인간의 질문 보따리가 그런 것들로만 가득하다면, 그것은 좀 서글픈 일이다.

굳이 저 초창기의 철학자들처럼 "존재하는 것들의 근원은 무엇일까?" 혹은 라이프니츠나 하이데거처럼 "도대체 왜 무가 아니고 존재가 있는 것일까?" 같은 머리에 쥐가 날 질문을 꼭 해야 한다고 강권할 생각은 없다. 칸트처럼 "선천적 종합판단이 어떻게 가능한가?" 하는 물음을 가지라는 건 더욱 아니다. "이 뭐꼬?" 같은 선문답을 기대하는 것도 아니다.

우리는 적어도 한 사람, 인류사에 길이 빛나는 저 질문의 거장 소크라테스를 기억해낼 필요는 있지 않을까? 한평생 질문을 인생 그 자체로 삼았던 그는 사람들이 돈이나 명성이나 평판에만 관심이 있는 것을 한탄하고 경계했다. 죽음이 결정된 순간에도 그는 자기 자식들이 부디 그런 인간이 되지 않도록 사람들에게 부탁을 했다. 그 대신에 그는 진정한 덕이나 선, 진리, 지혜, 사랑, 행복, 그런 것이 무엇인지, 그리고 어떻게 하면 우리의 영혼을 최고로 고양시킬 수 있는지, 그것을 물어보라고 권유했다. 잘 알려져 있듯이 그는 진정한 문제의 진정한 답을 구하기 위한 그런 질문의 대가로 죽음이라는 선물을 받아야 했다. 질문은 때로 그렇게 목숨을 건 행위가 될 수도 있다. 극단적인 사례긴 하지만, 그런 것이 지금의 인류를 그나마 이런 수준의 인격적 집단으로 유지시키는 데 기여했음을 우리는 잊지 말아야겠다.

아마 내일도 모레도 미국 보스턴의 어디선가는 또 수많은 사람들이 마치 하나의 문화 행위처럼 질문을 위한 손을 치켜들 것이 틀림없다. 침묵보다는 어쨌거나 좋은 일이다. 다만 나는 질문을 위해 들어올린 그 손들에게 내심 한번쯤은 이런 질문도 해보고 싶다.

"당신의 그 질문의 사정거리는 대략 어디까지인가요? 그것은 단순한 지적 호기심 내지 지적 과시를 넘어 인간의 진정한 삶의 향상이라는 것과 연결될 수는 있는 건가요? 이른바 삶의 질을 확보하는 데 얼마만큼 기여할 수 있는 건가요? 이 자리에서 한순간 반짝거리고 마는 것이 아니라, 10년, 20년, 100년이 지난 후에도 여전히 유효할 수 있는 그런 종류의 질문인가요?"

이런 질문은 여기서는 별로 들어본 적이 없는 것 같다. 소크라테스라면 어쩌면 "exellent!"나 "good question!"이라고 말해줄지도 모르겠다.

유유상종

●   "덕은 외롭지 않다. 반드시 이웃이 있다." 악도 외롭지 않다. 반드시 이웃이 있다. 덕들이 손잡고 싸워야 할 이유가 거기에 있다.

"Birds of a feather flock together([종류가 같은] 한 깃털의 새들이 함께 무리 짓는다)."

아파트의 엘리베이터 게시판에 조그만 행사 안내문이 하나 붙었는데, 거기 적힌 이 말이 눈길을 끌었다. '아하, 이거 유유상종이란 뜻이었지? 예전에 영어 공부할 때 들은 적이 있는데, 이걸 미국에서 직접 확인하게 되는군.' 뭔가 반갑기도 했다.

나이 60이 가까워오면서 마치 하나의 진리나 깨달음처럼 내 가슴에 아로새겨진 것이 있다. 바로 이 '유유상종'이란 것이다. 인생 웬만큼 살아본 사람들은 다 느끼겠지만 우리가 사는 이 세상이라는 곳에는 참 별의별 다양한 인간들이 다 살고 있다. 그 다양한 사람들과 부대끼면서 우리는 그때그때의 희로애락을 느끼고 그것을 인생의 한 페이지에 적어나간다.

그런데 그 다양한 사람들 중에 어떤 이들은 나에게 기쁨이 되고 어떤 이들은 나에게 고통이 된다. 어떤 이들은 친구가 되고 어떤 이들은 심지어 적이 된다. 물론 이도 저도 아닌 중간지대의 인간도 많다. 아마도 학창 시절을 회고해보면 그 양상이 비교적 선명히 떠오를 것이다. 그 많은 동창들 중에 누구는 좋은 벗으로 기억되는데, 한편 누군가 '악연'으로 기억되는 녀석(들)도 있다. 가물가물 이름도 얼굴도 잘 떠오르지 않는 애들 또한 적지가 않다. 직장 동료의 경우도 엇비슷하다.

언젠가부터 나는 '세상'이라는 것을 나 자신의 철학적, 인생론적 개념으로 깊이 사유하고 있는데, 이것은 각각의 '나'를 중심으로 해서 방사형으로 뻗어나가는 무수한 인간관계들이 거미줄처럼 서로 중첩해 얽히면서 형성해내는 일종의 존재영역이라고 설명될 수 있다. 이것은 철학자 하이데거가 말하는 존재론적, 현상학적 개념으로서의 '세계'와는 논의의 차원이 전혀 다른 것이다. 물론 인간세상의 배경에는 자연, 우주, 존재라는 의미에서의 세계가 함께 있음을 간과해서는 안 되지만, 아무튼 세상의 핵심은 '인간관계'다. 그러니 그 세상에서의 인생이 좋은 것, 행복한 것이 되려면 우리는 좋은 인간관계라는 것을 진지하고도 심각하게 고려하지 않을 수 없는 것이다.

그런데 적어도 대부분의 인간들이 '체험하는' 세상은 결코 호락호락한 곳이 아니다. 만만치 않다. 힘들고 어렵고 괴로운 곳이 이 세상이다. 삶의 많은 경우에 그것은 삭막한 사막이거나 살벌한 밀림과 같다. "개똥밭에 굴러도 이승이 낫다"는 우리 속담이 있는데, 이는 은연중에 세상을 개똥밭으로 간주한다. 일본의 한 속담에는 더욱 직설적으로, "건너는 세상에는 마귀투성이"라는 말도 있다. 바로 그 마귀들이 이 세상을 사막과 밀림으로 만드는 주역들이다.

그런데 참 묘하고도 묘한 것이 그 마귀 같은 인간들은 결코 혼자도 아니고 외롭지도 않다는 것이다. 그들도 누군가를 좋아하고 또 누군가는 그들을 좋아하기도 한다. 그런 그들이 모여 세력을 형성하기도 한다. 그들의 기본적인 특징은 남을 힘들게 한다는 것인데, 결코 스스로를 '나쁘다'고 인식하지 않으며 절대 '반성'과 '사과'라는 것을 하지 않는다는 것이다. 만일 그중 누군가가 스스로를 '나쁘다'고 인식한다면 그 순간 그는 더 이상 그 '나쁜 그룹'에 머물 수 없다. 논리적으로 볼 때 그 '성립 조건'을 상실하는 것이다. 그런 세력은 어쩌면 저 아득한 구약성서에 나오는 '뱀'이나 '카인'이나 '사탄' 같은 것이 상징하고 있는지도 모르겠다. 그만큼 뿌리가 깊다. 그것은 아마도 이 세상의 끝 날까지도 지속될 것이 틀림없다. 그러나 그런 것이 애당초 이 세상인 것을 어찌하랴. 우리는 그런 세상에서 분투하며 우리의 인생을 영위해나가 각자의 행복을 쟁취할 수밖에 없다.

다행스러운 것은, 이 세상이 그토록 삭막하고 살벌한 곳임에도 불구하고 그 군데군데에는 '괜찮은 사람들'이 또한 없지 않아서 그들이 촉촉하고 아름다운 오아시스를 이루어준다는 것이다. 그런 이들도 또한 적지가 않다. 그래서 저 공자는 "덕은 외롭지 않다. 반드시 이웃이 있다(德不孤 必有隣)"라고도 말했다. 그들은 서로를 알아본다. 『논어』

첫머리에는 "벗이 있어 먼 데서 찾아오니 또한 즐겁지 아니한가"라는 말도 보이는데, 역시 그 맥락을 같이한다.

그렇게 이 세상은 두 개의 세력들이 이루는 두 개의 영역으로 이루어진다. 나는 그것을 '훌륭한 세력'과 '고약한 세력'이라고도 부른다. (저 아우구스티누스가 말한 '하느님의 나라'와 '지상의 나라'도 이와 상통하는 바가 없지 않다.)

우리의 인생은 실존주의자 사르트르가 강조했듯이 어차피 매 순간 선택이다. 선택의 연속이다. 그래서 우리는 어떤 세력에 가담할 것인지도 끊임없이 선택하지 않으면 안 된다. 먼저 자신의 전후좌우를 잘 살펴보자. 내 가까이에 있는 사람들이 어떤 깃털을 가지고 있는지를 유심히 관찰해보자. 바로 그 깃털이 다름 아닌 자기 자신의 깃털이기도 할 터이므로.

기억해두자. "Birds of a feather flock together." 한 깃털의 새들이 함께 무리 짓는다.

무대는 정직하다

● ● "무대는 정직하다." 그것은 갈채나 냉담 혹은 야유로 대답해준다. 인생
이라는 작품도 마찬가지다. 세상이라는 무대가 대답해준다.

　"꼭 오세요.""예, 꼭 가겠습니다." 그래서 나는 그날 거기에 갔다.
길거리엔 단풍이 노랑과 빨강으로 아름다웠다.

　케임브리지의 한 한인 교회에서 가을 음악회가 열렸다. 교회는 장
소만 제공했을 뿐, 행사는 J선생이 이끄는 H 보스턴 체임버 오케스트
라의 기획이었다. 보스턴 한인회의 부회장이기도 한 J선생은 며칠 전
보스턴 시내에서 열렸던 공관장 리셉션에서 나를 보자 이런저런 이야
기 끝에 손을 꼭 잡으며 참석을 권유했다.

　음악회는 원래 좋아했었다. 하늘이 만일 인생을 다시 살게 해주신
다면 꼭 해보고 싶은 것 중의 하나가 '음악'이다. 그런데 다룰 줄 아는

악기라고는 '하모니카' 정도가 거의 전부다. 나는 저 1970년대를 거쳐오면서 누구나 다 하던 기타도 제대로 배우지 못했던 터라 악기를 잘 다루는 사람들을 보면 사실 여간 부러운 것이 아니다. '연주를 못한다면 듣기라도 해야지….' 그래서 음악회를 좋아했다. 내가 근무하는 대학에 음악과가 있어 이런저런 행사가 많았다. 성악이든 기악이든 독주든 협연이든, 그 수준이 만만치 않아 나의 아마추어적 감성에는 충분하고도 남음이 있었다.

미국답게 교회의 시설은 훌륭했다. 웬만한 콘서트홀 못지않았다. 단원들은 대부분 이곳 음악대학에서 공부하는 한국 학생들이었는데, 적지 않은 미국인들과 함께 중국인, 일본인도 섞여 있었다. 늦은 저녁 시간이고 조금씩 비가 내리는 날씨였음에도 청중들은 자리를 거의 가득 채웠다. 이윽고 시간이 되고 막이 오르고 지휘자가 등장한 후 '음악'이 곧바로 공간과 시간을 장악해갔다. 레퍼토리는 베토벤의 'Egmont Overture, op. 84'로 시작되었다. 기대 이상이었다. 특히 이어지는 'Violin Concerto in D Major, op. 61'은 이곳에서 박사과정 중인 Y양이 연주했는데, 놀라웠다. 나는 젊은 그녀의 그 신들린 듯한 솜씨에 거의 숨이 멎을 뻔했다. 비록 나의 눈과 귀가 아마추어의 그것이기는 하나, 그 솜씨는 영락없는 '천재'의 그것이었다. 현을 희롱하는 그녀의 손가락은 적어도 보통사람보다 열 배 이상의 속도로 움직였다. 그녀 앞에는 악보도 없었고 모든 음률은 그녀의 머릿속에 있었다. 아니, 그 표정으로 보아 그것은 머릿속이 아니라 그녀의 영혼 속에 들어 있는 느낌이었다. 연주가 끝난 후 청중들은 손바닥이 아플 정도의 기립박수를 아끼지 않았다.

짧은 인터미션 후 'Symphony No.6 in F Major, op. 68'이 어떻게 흘러갔는지도 모를 만큼 나는 연주에 몰입되었다. 나는 음악이 흐르는 내내 독일의 어느 '전원'에 베토벤과 함께 있었다. 지휘자 P선생은 앙코르 곡으로 'Happy Birthday to You'를 들려줬는데, 놀랍게도 이 간단한 노래를 바흐, 베토벤, 모차르트, 비엔나 왈츠, 바그너, 집시음악 등 수많은 버전으로 편곡하여 청중들을 즐겁게 만들어주었다.

하여간 대만족이었다. 그런데 음악도 음악이지만 나는 '무대' 위의 그들이 보여준 그 '태도'에도 작지 않은 감명을 받았다. 수많은 음악회를 가보았지만 이처럼 가까이서 연주자의 모습을 볼 수 있었던 경우는 많지 않았다. 나는 그 '음악'과 그것을 연주하는 그 '사람'을 구별할 수 없었다. '혼연일체'라는 고등학교 국어시간에 배웠던 그 말이 고스란히 이해되었다. '아하, 이게 바로 그것이었나?' 그래, 바로 이런 거였다. 청중들은 그것에 정직하게 반응했다. 그들의 박수는 그냥 그런 하나의 '형식'이 아니었다. 나 또한 손바닥이 아프도록 박수를 치며 그 박수가 '들은 만큼의 반응'이라는 것을 스스로 느낄 수 있었다.

세상의 일들이란 이런 것이다. 이런 것이어야만 한다. 사람들은 열심히 해서 뭔가를 세상에 보여주어야 하고 세상은 그것에 답해야 한다. 그런 점에서 세상은 그 자체로 하나의 무대, 거대한 무대다. 그 무대에 자신은 어떤 '작품'을 올릴 것인지 우리는 진지하게 고민하고 그것을 위해 모진 연습을 감내하지 않으면 안 된다. "무대는 정직하다."*

---

* KBS 드라마 『드림 하이』에서 인용.

그것은 갈채와 냉담 혹은 야유로 대답한다.

　물론 세상이라는 건 또 묘해서 때로는 엉터리 같은 작품에 "브라보!"를 환호하는 청중도 있고, 때로는 기막힌 작품임에도 불구하고 조는 사람 또한 없지는 않다. 끼리끼리 자화자찬도 있는가 하면 의도적인 외면과 무시도 있다. 하지만 그런 경우라도 너무 실망은 말자. 세상이라는 무대는 공간과 시간을 초월한다. 여기서 야유인 것이 저기서 갈채가 될 수도 있고, 지금 갈채인 것이 후에 야유가 될 수도 있다. 그러니 기다려볼 일이다. 10년 후의 반응을, 혹은 100년 후의 반응을. 일단 제대로 된 작품 하나를 피땀으로 만들어, 거기에 날개를 달고 세상 하늘로 날려 보낸 후.

"철학에는 왜 그렇게 여자가 적은 것일까?"

● ○　'지금까지'와 '지금부터'는 다를 수 있다. 그녀들 중 누군가가 '남을 만한 작품' 하나만 내놓는다면…, 그것으로 새로운 '지금부터'를 열 수가 있다.

　　남자와 여자, 여자와 남자라고 하는 것은 이렇게 그 순서를 말하는 것부터가 조심스럽다. 나는 개인적으로, '여자'를 '인간의 절반'으로서 인정하고 존중하므로, 그리고 그동안의 역사에서 여자들이 일종의 '중심' 바깥에 있었다는 점을 인정하므로, 여자를 남자 앞에다 배치하는 것에 전혀 아무런 거부감이 없다. 하지만 그것에 대해서도 어떤 남자들은 '응?' 하고서 눈을 치켜뜨는 경우가 없지 않을 것이다. 어쨌거나 쉽지 않은 화제임에는 틀림없다.

　　고맙게도 최근 인근에 있는 보스턴대학이 이런저런 공개 강좌들을 안내해주고 있어서 자주 그쪽으로 발걸음을 하고 있는데, 이번에는

'철학에는 왜 그렇게 여자가 적은 것일까?' 하는 솔깃한 제목이 눈에 띄었다. 호기심에서라도 이건 안 가볼 수 없었다.

강단에 선 분은 여자였는데, 우선 그 인상이나 발표 내용이 '전투적인' 페미니즘과는 거리가 있어서 일단은 긴장을 풀고 이야기를 들었다. 다만, 미국의 대학에서 전공자나 학위자, 교수직 등에 여성이 극히 적다는 자료 제시와 '여자니까…' 하는 선입견 내지 고정관념이 이런 현상의 배후에서 크게 작용하고 있다는 것 등 재미있는 이야깃거리가 많기는 했지만, 특기할 만한 어떤 진단이나 획기적인 처방 같은 것은 그다지 눈에 띄지 않았다. 우수한 여성 철학자가 토론 등에서 어떤 멋진 견해를 말하더라도 그 훌륭함 자체보다는 "오우, 아주 섹시한데?" 하는 반응이 먼저라는 예시에서는 좌중에서 웃음이 터지기도 했다. (좌중의 한 금발 여성은 "그건 남자도 마찬가지!"라고 거들었다.) 물론 칭찬과 격려 등을 통한 조건의 개선이 구체적인 수치의 상승으로 이어지더라는 조사 결과에는 수긍이 갔다.

발표를 듣는 동안, 그리고 찰스강을 건너 집으로 돌아오는 동안, 나는 나대로 이 주제를 한번 생각해봤다. 아닌 게 아니라 철학의 역사를 공부해보면 거기서 등장하는 이름들이 모조리 다 남자인 것은 틀림이 없다. 물론 질의응답 시간에 어떤 한 수강자가 "시몬 드 보부아르나 한나 아렌트 같은 여성 철학자도 있지 않느냐"고 지적했듯이 그 사례가 전무한 건 아니다. 중세 때의 힐데가르트 폰 빙엔도 여성이었고, 지금 세계적인 명성을 얻고 있는 줄리아 크리스테바도 여성이다. 내가 독일에 있을 때 알고 지내던 여성 철학자 UG나 PC도 대단한 지성의 소유자였다. 또 나는 웬만한 남성 철학자 몇 사람분의 지성을 체현하고 있는 뛰어난 한 한국 여성 철학자를 개인적으로 잘 알고 있다. 하지만 그 어떤 지적에도 불구하고 여성이 '철학에서의 마이너리티'라는 이 특이한 현실은 부인할 수 없다.

하지만 이런 현상이 앞으로 어떻게 달라질지는 지켜볼 일이다. 사실 생각해보면 철학뿐만 아니라 다른 모든 분야에서도 여성이 가정 외부적 활동의 전면에 등장한 것은 긴 역사의 과정을 보면 '거의 최근의 일'이라고 해도 과언은 아니다. 그동안은 이른바 '여성적인 것', '여자가 할 일'에 여자들이 '갇혀' 살아온 것은 부인할 수 없는 현실이다. 그것이 지금 변하고 있는 것이다. 아주 무서운 속도로. 여박사도 여교수도 앞으로 어떻게 될지는 역시 지켜볼 일인 것이다. 그녀들의 지성이나 지혜가 남성보다 열등하다고 주장하는 것은 어불성설이다. 우리는 예컨대 '어머니'로부터 결정적인 영향을 받은 무수한 아들들과 '아내'의 결정적인 내조로 인생의 난제를 해결한 무수한 남편들의 이야기를 얼마든지 알고 있지 않은가. (무엇보다, 수렵시대도 농경시대도 다 지난 지금, 남성이 여성보다 특별히 더 나을 것도 없다는 사실은 남성 자신들이 이미 잘 알고 있다.)

다만 한 가지, 나는 '현상학적 존재론자'로서 인간이라는 존재자가 '여자와 남자'라는 '서로 다른 두 종류로 되어 있다'는 이 아프리오리한 현상만은 특기하고 싶다. 태초에 조물주가 인간을 창조했을 때 하나의 인간이 아닌 '두 개의 인간'을 만든 것은 그 둘이 절대적인 하나보다는 '더 좋은 일'이기 때문이었을 것이다. 거기에 남녀의 '다름'이 따로 있을 수 있다는 사실은 오히려 우리 인간을 위한 '축복'이 아니었을까? 그것을 인정한다고 해서 양자의 공통된 '인간다움'이 훼손되는 것은 절대 아닌 것이다. 존재론적으로 보면 일체존재의 모든 '다름'은 존중과 조화의 대상이지 결코 차별과 배제의 대상은 아닌 것이다. (20세기의 프랑스 철학은 지겹도록 이것을 강조했다.) 거기에는 어떠한 '더'도 없고 '덜'도 없으며, 어떠한 '먼저'도 없고 '나중'도 없다.

철학에서의 남과 여도 다를 바 없다. 그 양자 사이에는 어떠한 '더'도 없고 '덜'도 없다. 그러니 철학과 여자의 관계도 그냥 '선택'의 문제로 내버려두자. 남자든 여자든, 좋아하는 자들이 해나가면 되는 것이다. 다만 울타리를 치지는 말고. 그러니 한번 지켜볼 일이다. 여자들이 철학이라는 저 '여자'를(독일어에서는 '철학'과 '진리'가 다 여성명사다) 과연 좋아하게 될지 어떨지. 이제 그 철학의 문을 열 수 있는 열쇠는 여자들도 다 똑같이 쥐고 있는 거니까. 그녀들 중 누군가가 역사에 남을 만한 작품 하나만 내놓는다면 철학과 여자를 둘러싼 온갖 논란은 일거에 해소된다.

신사임당이나 허난설헌, 혹은 박경리 같은 크기의 여성 철학자가 등장하기를 나는 기다려볼 것이다. 그녀가 혹은 그녀들이 지금까지는 없었던, 지금까지와는 다른 새로운 어떤 '여성적 철학' 같은 것을 혹시 세상에 선보인다면 그 또한 철학의 발전, 철학의 즐거움이 아닐 수 없겠다. 기대해보자. 여성에 의한 그 '여성적 철학'이 조만간 아름다운 모습으로 등장하기를.

철학이 있던 청춘의 풍경

● ● 참새가 인간의 모든 것을 알 수 없듯이 인간도 신의 모든 것을 알 수는 없다. 신은 애당초 신앙의 대상이지 증명의 대상은 아닌 것이다.

나는 '철학'이라는 것을 나름 열심히 공부하면서 40년 가까이를 살아왔다. 그 과정에서 '철학의 추억'이라고 부를 만한 인상적인 장면들도 적지 않았다. 그중의 하나, 저 중세의 이른바 '보편논쟁'을 둘러싼 추억이 있다.

아직 나의 모든 것이 파릇파릇하던 저 학부 시절, 내 주변에는 목회자를 꿈꾸며 철학과를 다니던 친구들이 여럿 있었다. 그들과의 우정 있는 대화 사이사이에 이 보편논쟁을 둘러싼 그다지 보편적이지 못했던 논쟁의 기억들이 어렴풋이, 이제는 가을날의 낙엽처럼 메마른 갈색 빛으로 남아 있다.

검은 뿔테 안경에 얼굴빛이 흰 KH는 착하고 성실한 학생이었다. 그는 독실한 크리스천이었다. 철학사 시간에 이 '보편논쟁'을 처음 배우던 날 그는 그 당시 우리들 사이에서 유행했던 수업 후의 '잔디밭 세미나'에서 함께 점심을 먹으며 평소의 얌전한 모습과는 좀 다르게 소위 '실재론'을 열렬히 옹호했다. 그도 그럴 것이, "보편자는 과연 실재하는가?" 하는 물음을 둘러싼 이 논쟁의 핵심은 '신'이라고 하는 최고 보편자의 존재와 관련된 문제였기에 실재론이 무너지면 곧 신앙의 근거가 위협받는 그런 주제이기도 했기 때문이다. 나는 그때 좀 학문적 장난기가 발동해 보편은 이름뿐이라는 소위 '유명론'과 개념으로서만 실재한다는 소위 '개념실재론'뿐만 아니라, 내가 아는 기타 최대한의 '회의론'을 그의 코앞에 들이밀며 좀 약을 올렸다. 아마 저 유명한 「요한복음」 14장에 나오는 빌립의 회의, "주여, 아버지를 우리에게 보여주옵소서. 그리하면 족하겠나이다"를 원용하기도 했던 것 같다. 그에 대한 예수의 대답 "내가 이렇게 오래 너희와 함께 있으되 나를 알지 못하느냐. 나를 본 자는 아버지를 보았거늘 어찌하여 아버지를 보이라 하느냐. 나는 아버지 안에 있고 아버지는 내 안에 계신 것을 네가 믿지 아니하느냐. 내가 너희에게 이르는 말이 스스로 하는 것이 아니라 아버지께서 내 안에 계셔 그의 일을 하시는 것이라. 내가 아버지 안에 있고 아버지께서 내 안에 계심을 믿으라. 그러지 못하겠거든 행하는 그 일을 인하여 나를 믿으라"라는 것이 애매한 문학적 수사로 인해 구체성을 결여하고 있다는 '불경스러운'(?) 발언도 곁들여 그를 곤란하게 했던 것 같기도 하다.

이 문제는 사실 오늘날까지도 그 결론을 내기가 수월치 않은 난제임에 틀림없다. 물론 '입장'에 따라서는 그 결론이 처음부터 너무나 명백하게 갈라져 있기는 하다. 지금의 나는 예수의 이 '말씀'에 상당히 가까이 다가가 있다. 특히 그 마지막 말 "그 일을 인하여…"는 공자의 저 "천하언재(하늘은 어떻게 말하는가)"와 함께 깊은 시사를 간직한 말로서 받아들인다. 명백한 결과로서의 현상이 예사롭지 않으니 그 어떤 원인이 간접적으로 그 현상에 얼굴을 내비친다는 해석은 충분히 가능한 것이다. 다만 그 존재가 사물들의 존재처럼 '감각적'인 것이 아니라는 점은 인정할 수밖에 없다. 애당초 그 존재의 방식이 다른 것이다.

아무튼 그런 과정을 거치면서 나는 무릇 '존재한다'는 것의 그 '존재성'이라는 것이 내용에 따라 다양하게 다를 수 있음을 깨닫게 되었다. 돌멩이나 물처럼 감각적으로 존재하는 것도 있고 무지개나 오로라처럼 시각적으로만 존재하는 것도 있고, 음악이나 천둥처럼 청각적으로만 존재하는 것도 있고, 맛, 향기 등등 그 존재성은 대상에 따라 각각 다른 것이다. 내가 내린 잠정적인 결론은, 모든 존재하는 것들은 각각 '어떠어떠한 것으로서' 존재한다는 것이다. 애매모호한 것은 그런 '애매모호한 것으로서' '그런 상태로' 존재하는 것이다. 그런 것도 일종의 존재는 존재인 것이다. 이를테면 전생도 내세도 그런 것이고, 업도 인연도 그런 것이고, 천사나 악마 같은 것도 그런 것이다. 인간의 지적 능력에 한계가 있는 만큼 모든 것을 다 알 수는 없는 것이다. 참새가 인간의 모든 것을 알 수 없듯이 인간도 신의 모든 것을 알 수가 없다.

신의 존재에 대한 인간의 지적 논쟁, 예컨대 안셀무스나 토마스 아퀴나스, 데카르트 등의 증명이 나름 그럴듯하면서도 우리를 감복시키지 못하는 것은 신의 존재가 애당초 인간 이성 내지 이지의 한계를 넘은 곳에 있기 때문은 아닐까, 그런 생각이 든다. 신은 애당초 신앙의 대상이지 증명의 대상은 아닌 것이다.

하버드 건너편의 한 헌책방에서 책 구경을 하다가 『신의 존재에 관한 논의』라는 한 책의 제목이 눈에 띄었다. 그 제목이 잠시 나를 저 학부 시절의 추억 속으로 데려가줬다. 미안하지만 그 책을 사지는 않고 그냥 나왔다. 졸업 후 목사님이 되었다는 KH는 혹시 저 책을 읽었으려나? 그를 본 지도 참 오래되었다.

하버드의 느릅나무

● ●　서로 다른 개체들의 조화가 전체를, 그리고 결국은 그 전체 속의 개체를
건강하게 유지해준다. 타(他)와 아(我)가 아름답게 공존하는 저 숲처럼.

　　고왔던 단풍이 어느샌가 낙엽으로 떨어져 거리에 나뒹군다. "시몬,
너는 좋으냐. 낙엽 밟는 소리가(Simone, aimes-tu le bruit des pas
sur les feuilles mortes)" 하는 저 유명한 구르몽의 시 「낙엽」이 자연
스럽게 떠오른다. 일기예보를 보니 내일은 최저기온이 영하 1도란다.
이제 곧 그렇게 길고 길다는 보스턴의 겨울이 시작될 모양이다. 처음
도착한 것이 겨울이었으니 봄, 여름, 가을을 지나 거의 한 바퀴를 돌
아온 셈이다. 보스턴/케임브리지의 사계절, 특히 하버드 캠퍼스와 찰
스강의 사계절은 새하얀 눈빛, 화사한 꽃빛, 싱싱한 녹음, 화려한 단
풍으로 각각 아름다웠다.

하버드의 좋은 점들이야 하나둘이 아니겠지만, 나는 개인적으로 하버드 야드(유니버시티 홀을 중심으로 올드 야드와 뉴 야드 두 군데가 있다)의 나무숲이 가장 마음에 들었다. '숲'이라고 하면 좀 과장일지는 모르겠으나 그 나무 그늘들이 충분히 햇빛을 가릴 정도는 되니 숲이 아니라고도 할 수 없겠다. 푸른 잔디로 뒤덮인 그 숲 그늘에는 일곱 빛깔 무지개색으로 알록달록한 의자들이 무수히 아주 자유분방하게 놓여 있는데, 사람들은 혼자서 혹은 여럿이 그 의자를 차지하고 앉아 책을 보거나 토론을 하거나 혹은 식사를 하거나 하면서 그 특유의 아카데믹하고도 낭만적인 분위기를 즐기곤 한다.

언젠가 한국학연구소의 KS교수와 그곳을 지나가면서 "이 숲이 너무너무 좋다"고 했더니, 역시 터줏대감답게 그 숲에 얽힌 내력을 들려주었다. 처음에 이 야드에는 느릅나무 한 가지 수종만이 심어져 있었다고 한다. 상상해보면 그 우람한 모습이 제법 멋있게 머리에 그려진다. 그런데 어찌된 영문인지 그중 하나가 병이 들었는데, 옆에 있던 나무들도 하나둘 같은 병이 들더니 모조리 말라죽게 되었단다. 우수한 전문가들이 다 모여 있는 곳이니 아마도 원인 규명을 위한 과학적인 분석이 있었으리라. 그래서 이번에는 느릅나무뿐만이 아니라 다른 여러 수종들을 사이사이에 골고루 배치해 심었다고 한다. 그랬더니 이번에는 병이 그렇게 번지지 않으면서 지금처럼 잘 성장하게 되었다는 이야기였다.

생물학, 식물학 쪽에는 무지한 편이라 그게 왜 그렇게 되는지는 모르겠으나, 뭔가 의미 있는 현상이라는 느낌이 바로 들었다. "서로 다른 개체들의 조화가 전체를, 그리고 결국은 그 전체 속의 개체를 건강하게 유지해준다." 그게 내가 느낀 그 의미의 핵심이었다. 이건 그대로 하나의 철학이라고 해도 되지 않을까? 그동안 내가 제시해왔던 '낙엽의 논리', '빙산의 논리', '안경의 논리'에 이어 나는 "타(他)의 인정과 공존이 아(我)의 건전을 담보한다"는 '숲의 논리'를 새롭게 하나 더 얻어낸 셈이다. KS교수께 감사해야겠다.

나는 그분의 그 이야기가 왠지 미국적인 가치를 전달하는 것처럼 느껴지기도 했다. 미국이라는 이 나라는 다인종 이민사회라 어떤 점에서는 다양한 수종이 어울려 하나의 전체를 이루는 숲과 같은 곳이다. 원래 숲이 워낙 많은 나라이니 이런 비유도 제법 현실성이 없지 않을 것이다. 역시 언젠가 어디선가 들은(혹은 읽은) 이야기지만 김대중 전 대통령이 처음 미국을 경험해보고 그런 소감을 피력했다고 한다. "미국이라는 나라는 그야말로 세계의 모든 인종과 문화적 배경이 다른 국민들이 모여서 살고 있는 사회인데 어떻게 그것이 이렇게 조화와 균형을 이루면서 원만히 굴러가고 있는지 참 신기하다"는 취지였다. 백번 공감한다. 참 신기하고도 재미있다. 처음 왔을 때는 다른 인종들이 뭔가 좀 서먹하기도 했는데, 이젠 너무나 자연스럽다. 내가 사는 아파트만 해도 오대양 육대주의 없는 인종이 없다. 나도 그중의 하나로서 너무나 자연스럽게 거리를 활보한다. 가끔씩은 흑인들도 백인들도 길거리에서 내게 길을 묻는다. 나는 자연스럽게 길을 가르쳐준다. 내가 아마 한 몇 년만 더 여기 산다면, 그들은 내게 그냥 동네의 길을 물을 뿐만 아니라 어쩌면 철학적인 의미에서의 '삶의 길' 같은 것을 물을지도 모르겠다. 그들은 '삶의 길'이라는 이 말을 너무나 좋아한다. 나는 그 물음에 답해줄 준비가 되어 있다. 다만 시간이 없는 게 좀 안타깝다. 하지만 뭐, 너무 아쉬워는 말자. 내가 다시 한국으로 떠나도 여기엔 KS교수도 있고, 또 다른 한국인 선생님들도 많으니까. 누군가는 나 대신 그들의 물음에 답해주겠지. 나는 그때 그분들 중 누군가는 나의 이 '숲의 논리'를 '삶의 길' 중의 하나로서 답해주었으면 좋겠다. 이분법에 기초해 '다름' 혹은 '타자'를 배제하고 '동일자'만을 중심에 두는 온갖 'ㅇㅇ중심주의'는, 저 프랑스의 레비-스트로스나 푸코나 데리다가 외쳤던 것처럼, 넘어서고 해체해야 할 위험한 그 무엇이라고. 그러니 함께 어우러져 서로 도우며 조화롭게 살아가야 한다고. 그게 인간이고자 하는 인간이 걸어야 할 '삶의 길'이라고.

하버드 야드의 저 단풍이 끝나기 전에 내일은 느릅나무 아래의 그 무지개 의자에 앉아 구르몽 비슷한 시라도 한 편 써봐야겠다. 아니, 내일은 영하 1도라고 했던가? 음, 어쩌지?

제4부 진리 노트에서

영혼의 성형
작품명 'Paris'
인품과 노력의 좌표
삶의 비극성 — 해피엔드란 없다
잠들기 전에
식탁에서
옷이 날개
들리는가, 저 바람소리
언어 클리닉
표정과 윤리의 함수관계
진리의 인기순위
불행에 대처하는 법
진리 노트에서·1
진리 노트에서·2

영혼의 성형

● ● 정작 성형을 해야 할 것은 관상이 아니라 심상 즉 영혼의 모습이다. 그것을 해야 할 성형외과가 곧 학교고 그 집도를 해야 할 이들이 곧 교육자다.

가을도 깊어가는 주말이라 좀 멀기는 하지만 낙엽 쌓인 거리를 천천히 걸어 보스턴 미술관을 다녀왔다.

나는 개인적으로 '제 눈에 안경'이라는 미학, 즉 '제 눈에 좋은 것이야말로 제대로 좋은 것이고 제 눈에 좋은 것만큼 그것은 좋은 것'이라는 소위 '안경의 미학'을 내 이론적 토대로 삼고 있는지라 그냥 보고서 끌리는 대로 감상을 하는 편이다. 그런데 이 보스턴 미술관에서 가장 내 마음이 끌리는 것은 새하얀 대리석으로 만든 아프로디테다. 날개 달린 어린 에로스도 함께 조각돼 있다. (로마 신화에서라면 비너스와 큐피드겠다.) 여신께 이런 표현이 불경일지 모르나 정말 예쁘다.

나는 한참을 그 앞에 머물렀다.

나는 '아름다움'이라는 것이 이 험난한 세상에 주어진 결코 작지 않은 구원이라 믿고 있다. 그 아름다움 중의 백미가 사람이고, 그중에서도 특히 아름다운 것이 여인과 어린아이다. 아마도 여성의 입장에서는 '남자'가 그 자리에 놓일 거라고 짐작이 된다.

그런데 미술관을 나와 낙엽 지는 개천길을 걸어 돌아오면서 문득 좀 엉뚱한 생각이 스쳐갔다. 저 비너스와 큐피드에게 영혼이 있다면, 그래서 저들이 살아 움직인다면 어떤 느낌으로 내게 다가올까? 예전에 읽은 그리스 로마 신화를 이것저것 떠올려봤으나 솔직히 오래전이라 다 잊어버렸다. 때로 질투도 하고 저주를 내리기도 하는 등, 그냥 고요히 아름답지만은 않았던 것 같다. 아무튼, 그렇다면 저 아름다운 조각도 느낌이 좀 달라졌을지 모르겠다. (자신이 만든 아름다운 상아 조각을 너무나도 사랑해 아프로디테를 감동케 하고 마침내 영혼을 얻어 사람이 된 그녀(갈라테이아)와 결혼까지 한 피그말리온 이야기는 그 반대의 경우를 보여주는지도 모르겠다.)

집에 돌아와 딸에게 그런 이야기를 들려주었다. 성인이 된 딸과 이런저런 대화를 나누는 것은 즐거운 일이다. 그런데 딸이 맞장구치며 뜻밖에 자기에게는 사람들의 '영혼의 모습'이 보인다는 이야기를 끄집어낸다. 무슨 '신기(神氣)'인가? 싶었는데 그런 이야기는 아닌 것 같다. 딸의 이야긴즉슨, 어떤 사람은 허우대가 멀쩡하지만 그 영혼을 보면 '괴물'인 자들도 있고, 어떤 사람은 몰골이 빈약하지만 영혼이 수려한 경우도 많다고 한다. 생긴 만큼 영혼도 아름다운 사람 역시 많다며, 누구는 어떻고 누구는 어떻고 구체적인 사례까지도 짚어준다.

아닌 게 아니라 수긍이 갔다. 영혼이 아름다운 사람들이 많은 사회에서는 그만큼 사람들이 편안해지고 삶의 행복도는 올라가리라. 그 반대의 경우는 관계가 불편할 수밖에 없고 삶은 당연히 힘겨워진다.

우리 한국사회는 과연 어느 쪽일까? 거리를 지나가는 사람들의 표정을 보면, 혹은 인터넷에 떠다니는 언어들을 보면, 답은 이미 나와 있다.

바다 건너 한국에서는 최근, 『관상』이라는 영화가 인기를 끌면서 기괴한 현상들이 일어나고 있는 모양이다. 소위 관상을 고치겠다며 가뜩이나 성행하던 성형이 더욱 과도해지고, 점집과 사주카페 같은 곳도 문전성시란다.

때마침 한 신문의 칼럼에 이와 관련된 아주 잘 쓴 글 하나가 올라왔다. 그 글에서 기자는 이렇게 썼다.

"겉모습으로 사람을 판단하는 것이 얼마나 우매한지는, 기자생활 20년간 1천 명이 넘는 사람들을 인터뷰하면서 체득했다. 소도둑처럼 생긴 사람이 어린아이의 심성이라 놀랐고, 성자(聖者)의 얼굴을 한 이가 비열하기 짝이 없어 당황한 적 여러 번이다. 감춰진 '마음바탕'을 알아보는 것은 그래서 어렵다.

102세로 장수한 서울 부암동 손만두집 윤순이 할머니에게 '역대 대통령 중 누가 제일 좋았느냐?' 물은 적 있다. 그 답이 단호했다. '사람을 가까이서 겪어봐야 알지 겉만 보고 어찌 아누?' 고관대작의 시신을 단골로 성형하던 리위찬도 비웃었다. '껍데기만 고우면 뭐해? 속은 다 썩었는 걸.'"(C일보, 김윤덕)

공감, 또 공감이다. 세상이 오죽 힘들면 사람들이, 특히나 젊은 청춘들이 저렇게까지 하고 살까, 가슴이 무거워졌다. 아마도 심상은 괴물인 자들이 관상을 적당히 꾸며 좋은 자리들을 차지한 뒤, 그 힘을 가지고 세상을 잘못 이끌어온 결과가 이게 아닐까 싶기도 했다.

정작 성형을 해야 할 것은 관상이 아니라 심상, 즉 영혼의 모습이다. 그것을 해야 할 성형외과가 곧 학교고 그 집도를 해야 할 이들이 곧 교육자다. (작가, 예술가, 인문학자, 언론인 등도 넓은 의미에서 교육자에 포함되리라.) 노력이 아주 없는 것도 아니다. 누군가는 사람의 영혼을 향해 보석 같은 언어의 화살을 쏘기도 한다. 하지만 세상은 그런 노력에 너무 무관심하다. 영혼의 모습 따위는 남의 일이다. 넘치는 욕망은 오직 이익과 출세만을 바라다보고, 그나마 남는 시간은 모조리 피상적 재미에 갖다 바친다.

욕망에 지쳐가는 이 시대의 피로(疲勞)…. "이제는 돌아와 거울 앞에 선 내 누님"처럼, 사람들은 이제 제 영혼의 모습을 비춰볼 수 있는 거울 앞으로 발길을 돌려야 한다. 내가 쓰는 이 글들도 그런 거울의 하나가 될 수 있다면 좋겠다. 과연 몇 명이나 이 거울의 존재를 알고 그 앞에 서게 될지는 모르겠지만.

작품명 'Paris'

● ◉　　'작품'이란, 하나의 미학적인 세계를 성취한 것, 하나의 품격과 의미를 담아낸 것, 보고서 듣고서 사람들이 애호하는 것, 두 번 이상 찾을 만큼 애호하는 것.

"학회가 있어 잠깐 파리에 다녀왔습니다." 어쩐지, 한동안 보스턴에서 안 보이더라니…. "아, 그랬군요. 그래 어땠나요?" "좋았죠. 오랜만인데 여전히 좋더라고요."

가까이 지내는 KH교수의 말이었다. 파리라…. 하기야 나도 가본 적 있다. 나도 좋았다.

하이델베르크에 살고 있을 때니까 벌써 한참 전이다. 20년도 더 된 것 같다. 아는 사람도 만날 겸 구경도 할 겸 ICE와 TGV를 갈아타면서 파리에 갔다. '촌놈' 소리를 들을지도 모르겠지만 너무너무 좋았다.

파리는 정말이지 특별한 곳이다. 웬만한 사람치고 파리라는 곳을 한번쯤 동경해보지 않은 사람은 드물 것이다. 오드리 햅번이 주연한 영화『사브리나』에서도, 그리고 우리의 드라마『파리의 연인』에서도 파리는 동경의 대상으로 그려져 있다. 그런 사람이 어디 사브리나와 강태영뿐이겠는가. 내가 아는 L이라는 여성도 파리에서 음악을 공부하는 것이 꿈이었는데, 아버지의 걱정과 반대로 그 꿈을 접고 결국 아버지의 뜻에 따라 의사의 아내로 살게 되었다. 하지만 그게 한이 되어서인지 결국 자기 딸을 거기로 유학 보냈다.

사람들이 파리를 좋아하는 데는 각자 자기만의 이유들이 있을 것이다. 물론 저 관광안내 책자에 등장하는 무수한 명소들 — 에펠탑, 개선문, 루브르, 샹젤리제 등등은 기본일 것이다. 나 또한 그것들이 '볼 만한 것'이라는 데 백 퍼센트 동의한다. 그런데 파리가 특별한 것은 그 거대한 대도시가 그런 명소들로 '가득 차' 있으며, 그 숫자 못지않은 '명사'들이 그곳을 무대로 그들의 삶의 한때를 살았다는 것이다. 뉴욕의 맨해튼도 다른 의미에서 파리에 견줄 만한 특별한 곳이지만, 사실 그런 점에서는 파리에 조금, 아니 많이 밀린다.

나도 일단은 '관광객'이 되어 그 명소들을 하나씩 둘러보았다. 물랭 루즈도, 몽마르트르의 사크레 쾨르도, 오랑제리도, 퐁피두 센터도, 라데팡스도 다 둘러보았고, 점심 때는 노트르담이 바로 보이는 센강변에 앉아 지나가는 유람선에 손을 흔들어주며 바게트를 먹었다. 사실 말이지만 그 센강이라는 것은 그 규모만 보자면 서울의 한강에 비할 바가 못 된다. 하지만 그것은 그 위에 걸쳐진 저 기막히게 멋있는 다리들로 인해서 한강을 압도해버린다. 특히 유명한 '퐁네프' 다리는

『퐁네프의 연인들』이라는 영화의 배경이 됨으로써 더욱 사람들의 발걸음을 불러모은다.

나는 그때 함께 간 친구에게 부탁해 사르트르가 즐겨 찾았다는 생 제르맹 데프레의 카페 '레 두 마고'에도 가 커피를 한잔 마셨고, 소르본대학도 찾아가 마침 급한 김에 화장실을 빌리기도 했다. 나 같은 철학자에게는 파리가 더 특별할 수밖에 없다. 왜냐하면 그곳은 저 유명한 "나는 생각한다. 고로 존재한다"의 데카르트를 필두로, "인간은 생각하는 갈대"라던 파스칼, "자연으로 돌아가라"던 루소, "나는 무엇을 아는가" 회의하던 몽테뉴, 그리고 베르그송, 사르트르, 메를로 퐁티, 푸코, 데리다, 레비나스 등등 무수한 거물 철학자들이 한번씩 그 활동의 무대로 삼았던 '철학의 현장'이었기 때문이다. 어디 그뿐인가. 그곳은 위고나 몰리에르, 생텍쥐페리 등등에게 영감을 주었던 문학의 현장, 내가 너무너무 좋아하는 고흐와 르누아르를 비롯해, 세잔, 마네, 모네, 유트릴로 등등에게 그 품의 한 자락을 내어주었던 미술의 현장, 그리고 에디트 피아프와 이브 몽탕, 아다모 등등의 샹송을 탄생시킨 현장이기도 하고, 알랭 들롱, 장 가방, 장 폴 벨몽도 등등이 거쳐갔던 영화의 현장, 그리고 루이 뷔통, 크리스티앙 디오르, 이브 생 로랑, 셀린느, 에르메스 등등을 낳은 패션의 본향이기도 한 것이다. 이런 것들을 손꼽아보자면 한도 끝도 없겠다.

나는 파리의 그 모든 매력들이 '작품'이라는 한마디 단어로 수렴될 수 있다고 믿는다. 나는 '작품'이라는 이 단어를 애호해 마지않는다. 이 단어는 나의 미학의 핵심에 놓여 있다. 다듬어져 만들어진 것, 제대로 만들어져 아름다운 것, 제대로 만들어져 하나의 미학적인 세계를 성취한 것, 하나의 품격과 의미를 담아낸 것, 그런 것을 나는 '작품'이라고 부른다. 하이데거가 말하는 것처럼 굳이 거기에 거창한 '존재의 진리'가 담겨 있지 않아도 좋다. 작품의 자격은 오직 '감성'이 부여한다. 보고서, 듣고서, 사람들이 애호한다면, 두 번 이상 찾고 싶을 만큼 애호한다면, 그것이 곧 작품인 것이다. 그런 점에서 파리는 그 자체로 이미 하나의 작품이다. 그곳을 동경하는 뭇 세계인의 감성이 그것을 입증해준다. 수많은 작품들로 구성된 하나의 거대한 작품, 나는 파리를 그렇게 본다. 그 파리를 만든 프랑스인들에게 나는 경의를 표하지 않을 수 없다.

그런데 바로 그 프랑스인들이 이렇게 말한다고 한다. "전 세계인은 모두 두 개의 조국을 갖는다. 자기가 태어난 조국과 그리고 프랑스를!"* 그렇다면 나에게도 프랑스는 조국인 셈인가? 파리는 나의 수도인가? 그들의 말이 톨레랑스인지 과장법인지는 모르겠지만, 저 멋진 파리가 나의 것이기도 하다니 듣기가 나쁘지는 않은 것 같다. 기회가 된다면 언젠가 거기서 한 1년쯤 살아봤으면 좋겠다. 가끔씩은 몽파르나스의 카페에서 우아하게 커피도 마시고, 또 가끔씩은 "오, 샹젤리제"를 흥얼거리며 산보도 하고, 때로는 뤽상부르 공원의 벤치에서 장미 향기에 취해 졸기도 하며. '상 수시(Sans Souci, 걱정도 없이).' 그렇게 행복의 시간을 보내면서.

---

* 원래는 토머스 제퍼슨이 인류의 보편적 이념인 자유, 평등, 박애를 강조하며 했던 말이라 전해진다. 그러나 그의 문장에서 이 말이 이 형태로 발견되지는 않는다.

인품과 노력의 좌표

●　●　　인품보다 노력, 노력보다 능력, 능력보다 운, 운보다 요령이 앞서가는 세상이지만, 그 끝에 무엇이 기다리는지는 살아봐야 안다.

　세상에는 정말 재주꾼들이 많다. 누군가가 뭔가를 하는 걸 보면서 감탄에 감탄을 한 적이 한두 번이 아니다. 음악이나 그림이나 시나 연기 같은 것이 특히 그렇다. (학문의 세계는 말할 것도 없다.) 그리고 요즘 유행하는 인터넷 댓글이나 떠다니는 농담 같은 것들 중에도 정말이지 기가 막힌 재주를 느끼게 하는 것이 하나둘이 아니다. 나도 여러 번 써먹은 적이 있지만 이런 농담도 있었다. 소위 '싫어하는 사람'이라는 시리즈다. "소방대원이 싫어하는 사람 — 불난 집에 부채질하는 사람, 학원강사가 싫어하는 사람(이하 줄임) — 하나를 가르치면 열을 아는 사람, 변호사 — 법 없어도 살 사람, 간호사 — 찔러도 피 한

방울 안 나오는 사람, 약사—세월이 약이라는 사람, 한의사—밥이 보약이라는 사람, 의사—앓느니 죽겠다는 사람, 성형외과—얼굴에 철판 깐 사람, 치과—이 없으면 잇몸으로 산다는 사람, 산부인과—무자식이 상팔자라는 사람…" 누가 생각해내고 퍼트렸는지 이런 건 정말 손뼉을 치지 않을 수 없다.

그런 것 중에 또 하나 내가 몹시 웃었던 농담이 있다. "1. 열심히 노력하는 사람은 참 당하기 어렵다. 2. 아무리 노력하는 사람도 머리 좋은 사람은 당하기 어렵다. 3. 아무리 머리 좋은 사람도 운 좋은 사람은 당하기 어렵다. 4. 아무리 운 좋은 사람도 요령 있고 아첨 잘하는 사람은 당하기 어렵다." 대충 그런 것이다. 나는, 아무리 재미있는 이야기라도 내가 그 이야기를 하는 순간 썰렁해지고야 마는 아주 이상하고도 특별한(?) 재주가 있기 때문에 누군가 이 이야기를 읽고 재미있게 웃어주리라는 것은 당연히 포기하고 있다. 하지만 아무튼 나는 이 농담을 한동안 재미있어 했다.

그런데 사실은 이게 그렇게 웃을 일이 아니다. 우리 한국사회, 아니 어쩌면 인간세상 그 자체의 한 쓸쓸한 단면을 풍자한 것이기 때문이다. 풍자는 어떤 경우나 '현실'을 전제로 한다. 나는 이 농담의 진실성을 인정한다. 나는 개인적으로 그러한 경우를 너무나 많이 보아왔고 그것은 지금 이 순간에도 세상 어느 구석에선가는 그 위력을 발휘하고 있으리라 믿고 있다. 말하자면 그것은 일종의 경험적, 귀납적 진리의 일종인 것이다.

내가 아는 한 우리가 인생을 살고 있는 이 '세상'이란 곳은 기본적으로는 삭막한 사막이거나 살벌한 밀림이지만, 또한 동시에 그 곳곳에는 이런저런 보물들도 많이 숨겨져 있다. 사람들의 '세상살이', '인생살이'란 각자 그 보물들을 찾아 제 것으로 갖는 일종의 '보물찾기'의 성격을 갖는다. 그 보물들을 차지한 경우를 우리는 '성공'이라고 부르기도 하고 '출세'라 부르기도 한다. 거기에 인간적인 행복이라는 것도 뒤따라온다. 그 보물이란 게 실은 사람들이 추구해 마지않는 돈, 권력, 명예, 사랑… 그런 것들이다. 전통적으로는 그것을 부귀영화라 부르기도 했다. 실제로 누군가는 그것을 차지한다. 누군가는 그것을 놓치거나 빼앗긴다. 거기서 희비 쌍곡선을 그리며 온갖 희로애락을 연출하는 것, 그것이 곧 인생이기도 하다.

문제는 그 보물찾기의 룰이다. 저 "… 당하기 어렵다"는 농담은 사람들이 '어떻게' 그 보물들을 차지하는가를 빗대고 있다. 요령 > 운 > 능력 > 노력이라는 게 그 실상이다. 물론 세상의 그 성공이라는 것에는 이 네 가지가 종합적으로 다 작용하겠지만 그 순서는 분명히 있어 보인다.

세상이 그렇게 돌아가는 것을 어떻게 할 도리는 없다. 하지만 나는 생각한다. 특별한 요령도 피울 줄 모르고, 그다지 운도 따르지 않고, 별반 머리도 좋지 못한 사람이지만 그래도 노력만은 열심히 하는 우직한 사람들에게 그 노력만큼의 성공과 행복이 주어지는 그런 세상이 되었으면 좋겠다고. 그것이 그래도 '정의'라는 저 이름에 가까이 있는 세상일 거라고 믿고 있다.

내가 알던 후배 S는 머리도 좋고 노력도 열심히 해서 상당한 수준의 학자가 되었지만 요령 있게 인간관계를 잘 관리한 운 좋은 어떤 친구("로비도 능력"이라는 말을 아주 자랑스럽게 내뱉던 친구)에게 밀려 기회를 얻지 못하고 실의와 좌절에 빠져 괴로워하다가 결국 스스로 목숨을 끊고 말았다. 그런가 하면 내가 아는 선배 L은 능력과 노력은 말할 것 없고 훌륭한 성품까지 겸비한 신사였지만 너무 착한 탓에 번번이 사람에게 밟히곤 했다. 그는 결국 제 길을 가지 못하고 세상의 주변을 맴돌다 암에 걸렸고 가을바람에 낙엽처럼 쓸쓸히 사라져갔다. 누군가는 오늘도 여전히 그 노력의 보상을 받지 못한 채 멍든 가슴을 두드린다.

나는 그런 종류의 비극들이 참 싫다. 인도인들은 세상의 그런 원천적인 불공정을 '업'이라는 말로 설명하고, 칸트는 '실천이성의 요청'이라는 말로 '결국은 좋은 사람이 잘되도록' 신에게 그 조정을 기대하지만, 이 세상 아닌 어떤 세상, 혹은 다음 세상이라는 것은 사실 우리 인간으로서는 알 길이 없다. 요령도 운도 머리도, 이것저것 다 모자라지만, 그래서 저 재기 넘치는 농담 하나 인터넷에 올리지 못하는 사람이지만, 그래도 바른 품성에 노력만은 열심히 하는 성실하고 착한 사람들이 기회를 얻고 박수를 받고 나름의 행복을 누릴 수 있는 세상, 소크라테스가 염원했던 '덕과 복이 일치하는' 세상, 그런 세상을 언젠가 누군가가 바로 여기서, 이 지상에서, 현실로 만들어준다면 정말 좋겠다.

하늘로 간 S와 L은 이제 눈이나 제대로 감았는지 모르겠다.

삶의 비극성 — 해피엔드란 없다

● ● 　우리 인간의 삶은 근본 구조에서부터 이미 피할 수 없는 비극성을 지니고 있다. 모든 인간의 삶은 눈물과 눈물 사이에 위치한다.

　찰스강변의 저 싱싱했던 나뭇잎들도 잠시 고왔던 단풍을 뒤로 한 채 어느새 낙엽이 되어 분분히 떨어진다. 옷깃을 여미게 하는 찬바람이 가슴속에도 불어 어깨를 움츠리게 만든다. 날씨가 흐린 탓인지 모든 것이 좀 스산하게 느껴진다. 어쩌면 좀 가을을 타는 건지도 모르겠다.

　나는 개인적으로 적지 않은 책들을 읽고 그리고 써왔는데, 그 과정에서 참으로 적지 않은 여러 '진리들'을 만나보았다. 하나같이 다 보석 같은 언어들이었다. 그런데 이건 좀 이상하다고 해야 할까, 당연하다고 해야 할까? 그 많고 많은 좋은 말 중에 요즘 가장 내 가슴에 와닿는 말은 저 쇼펜하우어가 남긴 "만족은 소극적이고 고통은 적극적이다. 이 말은 잡아먹는 자의 만족과 잡아먹히는 자의 고통을 비교해보면 곧바로 드러난다"는 것이다. 나도 젊어서는 이런 쇼펜하우어의 페시미즘이 뭔가 꺼림칙하고 썩 달갑지 않았다. 하지만 나이가 들고 세상과 삶에 대한 경험이 축적될수록 그의 이 말이 뭔가 거부할 수 없는 진실성을 띠고 가슴에 다가오는 것이다.

쇼펜하우어의 대치점에는 라이프니츠가 있다. 그는 우리가 살고 있는 이 세계가 "있을 수 있는 모든 것 중에 최선의 것"이라고 하는 옵티미즘의 소지자였다. 나도 한때는 그 열렬한 지지자요 포교자였다. 하지만 이젠 아무래도 그 지지를 철회해야 할 것 같다. '진실'이 아니기 때문이다. 무엇보다도 그 세계의 중심에 있는 우리 인간, 그 인간의 삶이라는 것이 결코 최선일 수가 없기 때문이다.

한 철학자의 자격으로 단언하건대 인간의 실상은 '호모 트라기쿠스(homo tragicus)' 즉 '비극적 인간'이다. 우리 인간의 삶은 그 근본구조에서부터 이미 피할 수 없는 비극성을 지니고 있다. 즉 모든 인간의 삶은 눈물과 눈물 사이에 위치한다. 모든 인간은 울음으로 인생을 시작해 슬픈 눈물 속에서 인생을 마감한다. (다만 죽음의 경우는 그 눈물이 현세화되지 않고 잠세화된 경우가 있을 수 있다는 특징이 있나. 어떤 경우에도 눈물 없는 죽음은 없다.) 현생의 온갖 영화를 다 누린 인간도 결국은 한 줌 흙으로 돌아간다. 조설근의 『홍루몽』에 나오는 저 도인의 노래 「호료가(好了歌)」는 압권이다.

사람이 모두 신선이 좋은 줄 알면서도
오직 공명 두 글자를 잊지 못한다

그러나 영웅재상이 지금 어떤고
모두 다 무너진 무덤의 풀 밑에 있다

사람이 모두 신선이 좋은 줄 알면서도
단지 금은보화를 잊지 못한다
어둡도록 바둥대며 돈을 벌어서
요행히 부자 되어도 흙에 묻힌다

사람이 모두 신선이 좋은 줄 알면서도
단지 아내의 정에 끌려 되지 못한다
남편이 살았을 땐 하늘처럼 섬겨도
세상 먼저 떠나면 팔자 고친다

사람이 모두 신선이 좋은 줄 알면서도
오직 자녀의 정에 끌려 되지 못한다
자식사랑으로 눈먼 부모는 저리 많아도
효도하는 자손을 어느 누가 보았나

世人都曉神仙好 唯有功名忘不了
古今將相在何方 荒塚一堆草沒了

世人都曉神仙好 只有金銀忘不了
終朝只恨聚無多 及到多時眼閉了

世人都說神仙好 只有 妻忘不了
君生日日說恩情 君死又逐人去了

世人都說神仙好 唯有兒孫忘不了
癡心父母古來多 孝順兒孫誰見了

우리의 원수 도요토미 히데요시가 마지막 남긴 노래도 그런 무상을
너무나 잘 표현하고 있다.

이슬로 나서 이슬로 사라지는 이 내 몸이여
오사카의 영화는 꿈속의 또 꿈

露と落ち露と消えにし我が身かな
浪速のことは夢のまた夢

삶의 진실이 이러할진대 '최선'이란 참 가당치도 않은 착각이요 무
책임한 발언이라고 아니 할 수 없다.

더욱이 그 출생과 죽음 사이에 가로놓인 우리의 삶이라는 것은 또
어떤가. 그 엄청난 힘겨움에 대해 나는 '불쌍한 인간'이라는 말 외에
할 말이 없다. 총체적으로 보았을 때 그 누구도 이 사실을 부인할 수
없다. 남녀노소, 빈부귀천 가릴 것 없이 인간은 누구나 다 불쌍하다.
육체적인 고충은 기본이다. 우리는 불투명한 미래 앞에서 한평생 걱
정하며 불안해하고 엄청난 현실의 중압과 경쟁에 짓눌리면서 온갖 고

초를 겪고 많은 경우에는 과거의 어두운 그림자와 트라우마들이 지겹도록 끈덕지게 우리를 붙들고 늘어진다. 물론 그 고뇌와 고통의 근원은 욕망과 집착이다. 그건 진리다. 그래서 나는 "마음밭에 욕망의 씨앗이 싹을 틔우면, 그 즉시로 고뇌의 그림자도 함께 자란다"고 설파하기도 했다. 하지만 그 욕망이라는 것도 실은 애당초 우리 인간에게 '심어진' 원리인 것이지 우리가 달라고 부탁한 건 아니다. 그 전적인 책임을 인간에게 돌리는 것도 우리 불쌍한 인간의 입장에서 보면 부당하며 억울하기가 짝이 없다.

온갖 고초를 다 겪게 하는 그 원인자가 신인지 마귀인지 자연인지 (지적 한계가 뻔한 우리는) 솔직히 알 길도 없다. 그냥 알지도 못한 채 우리는 그 모든 짐들을 고스란히 떠안을 수밖에 없는 것이다. 물론 살다 보면 행복과 기쁨도 적지는 않다. 하지만 저 쇼펜하우어가 지적했듯이, 그리고 저 불경에서 부처가 꿈에 비유했듯이 그 효과는 너무나 찰나적이다. 그것을 준 누군가가 순식간에 그것을 다시 거두어간다. 참으로 야박하다. 어떠한 행복도 너무나 쉽게 또 다른 불행으로 대체된다. 행복은 적고 불행은 많다. 행복은 작고 불행은 크다. 행복은 짧고 불행은 길다. 이 무슨 가혹한 형벌인가 싶은 생각이 들 정도다. 그래서 아마 저 기독교에서는 '원죄'라는 것을 전제로 설명하고 있는지도 모르겠다. 삶은 그 자체가 이미 총체적으로 형벌인 것이다.

불교는 그 모든 고(苦)에서 벗어나라며 이른바 해탈의 길을 제시한다. 그들은 그것을 '자비' 내지 '대자대비'라고도 부른다. 기독교는 이른바 회개와 구원의 길을 제시한다. 그들은 그것을 '사랑'이라고 부른다. 고마운 이야기가 아닐 수 없다. 하지만 그 길들도 어디 걷기가 쉬운 길인가. 부처님이라는 석가모니도 부모와 처자까지 다 버려두고 출가를 했다. 하나님의 아들이라는 예수 그리스도는 잘 알다시피 십자가에 못 박혀 처참한 피를 흘렸다. 그런 훌륭하신 분들이 겪은 그런 모습을 우리는 (적어도 인간적인 관점에서는) 결코 해피엔드라 부를 수 없다. 생로병사가 우리 인간의 본질인 한 우리에게 해피엔드는 원천적으로 있을 수 없다.

그렇다고 우리가 삶을 포기한다면 그것은 더 비극이다. 우리가 할 수 있는 일은 오로지 하나, 어떻게든 그 고통의 가시덤불을 헤쳐나가며 비극을 한 장면이라도 줄여나가는 것뿐이다. 그렇게 해서 일상의 조그만 행복들을 개척하는 것이다. 칼 포퍼를 흉내 내자면 '단편적 인생공학(piecemeal life-engineering)'이다. 생각해보면 이것도 불쌍한 노릇이다. 그나마 사랑이라는 것이 삶의 과정에서는 '구원'이다. 사랑에 매달릴 수밖에 없는 인간의 모습도 불쌍하다. "모든 인간의 모든 삶은 다 불쌍하다."

아무래도 가을을 타는 것이 확실한 것 같다.

잠들기 전에

● ● 　잠은 인생의 3분의 1을 위한 신비의 축복. 고로, '좋은 잠'을 위한 문화적인 노력은 인생의 질을 위한 의무가 된다.

「어느 구순(90)의 인생론」이라는 제목으로 시를 쓴 적이 있다. 이런 거였다.

돌아보니 나,

고달픈 육신 추스르면서

하루 세 끼, 한평생 98,550끼

먹고 살았고

하루 여덟 시간, 한평생 무려 30년

자고 살았고

최소 하루 두 번, 한평생 65,700번
입고 벗으며 살아왔네

먹고 자고 입는 일
인생이었네

한평생 읽고 쓴 육중한 철학책들
문득
깃털처럼 가볍네
진실은 늘
가까워서 멀었네

요즘 감각으로는 별 재미없을지 모르겠지만 나는 젊은 학생들에게
이런 이야기를 꼭 해주고 싶었다. 인생의 실상이니까.

숫자의 마력이라는 게 있어서 어떤 이야기든 숫자를 갖다 대면 뭔
가 설득력이 높아지고 고개를 끄덕이게 된다. (요사이 통계가 인기를
끄는 것도 그 때문이다.) 그러니 조금은 실감이 날 것이다. 생각해보
자. 이렇게 많으니 '먹고 자고 입는 일'이라는 게 얼마나 뻔한 일인가.
하지만 뻔함을 대변하는 이 숫자들이 실은 오히려 그 뻔하지 않음을
역설적으로 알려준다. 이 뻔하고 뻔한 일들이 우리네 인생에서 저토
록 엄청난 부분을 '차지하고' 있는 것이다.

일단 잔다는 것을 한번 생각해보자. 하루 평균 8시간을 자면서 90
년을 살았다고 할 경우, 그 8시간이라는 게 하루의 3분의 1이니 우리

는 결국 전체 인생의 3분의 1인 30년을 잠으로 보내는 셈이다. 객관적인 수치가 이러할진대 만일 인생을 소중히 하고 싶다면 잠이라는 것을 허투루 볼 수가 없을 것이다. 그러니 잠을 잘 자야 한다.

누군들 그러고 싶지 않겠는가. 그래서 우리는 좋은 잠을 자기 위해 뭔가 문화적인 노력을 하기도 한다. (이불, 베개 등 좋은 침구를 마련하는 일은 수면의 양과 질에 관한 의학적 논의와 함께 너무 기본이므로 일단 논외로 하자.) 잠들고 나서야 어쩔 도리가 없으니까 우리의 애씀은 주로 '잠들기 전에' 이루어진다. 그런가? 그렇다. 그럼 우리는 보통 잠들기 전에 어떻게 하지? 뭔가를 듣거나 읽거나 한다. 어린 시절에는 보통 엄마나 아빠가 자장가를 불러주거나 이야기를 들려준다. 나이가 들면? 엄마 아빠가 언제까지나 그렇게 해줄 수는 없으므로 혼자서 음악을 듣거나 책을 읽기도 한다. 요즘은 많은 사람들이 TV를 보다가 잠들기도 한다. 물론 어떤 사람들은 잠들기 직전까지 주가의 동향을 분석하거나 표의 향방을 따져보거나 혹은 인기 순위를 검색하다가 잠드는지도 모르겠다.

하지만 어린 시절을 생각해보자. 이마와 어깨에 계급장을 주렁주렁 달고 있는 권력자라도 어린 자식의 머리맡에서 자장가 대신 선거 구호를 들려주지는 않을 것이고, 글로벌 기업을 여러 개 거느린 대부호라도 동화책 대신 광고 카피나 회계 장부를 읽어주지는 않을 것이다. 어떤 정신 나간 부모가 설혹 그렇게 한다 치더라도 그것을 즐겨 하는 어린아이는 결코 없을 것이다. 거기에 어떤 '바람직한 잠들기 전'의 '원형'이 있다.

잠은 만인에게 공통된 '신비로운 어떤 좋은 것'이다. 그 좋은 잠에는 노래나 음악이나 이야기 같은 것이 아주 자연스럽게 '어울리는' 것이다. 그래서 우리는 그렇게 잘 어울리는 노래나 음악이나 이야기 같은 것을 확보할 필요가 있다. 그런 좋은 것들로 '잠들기 전'이라고 하는 저 특별한 존재론적, 인생론적 공간을 채워 그것을 '좋은 것'으로 만들어야 하는 것이다.

그런데 막상 '손이 가는' 좋은 것들이 그렇게 많지는 않은 것 같다. 누군가 그런 좋은 것들을 좀 많이 만들어주었으면 좋겠다. 이미 있다면 누군가 좀 알려주었으면 좋겠다. 어린 시절에 엄마 아빠가 들려준 자장가나 읽어준 이야기를 대체할 수 있는 그런 좋은 것들. 그것이 '진정으로 좋은 것'의 한 '기준'이 될 수가 있을 것이다.

글을 쓰다 보니 이제 슬슬 졸음이 온다. 오늘은 잠들기 전에 무슨 음악을 들으며 무슨 책을 읽을까? 여기는 미국이니 포스터의 노래를 들으며 O. 헨리라도 읽을까? 아니면 한국이 그리우니 「가고파」를 들으며 피천득이라도 읽을까? 요즘 것 중에는 뭐가 없을까? 고민하다가 잠이 달아나지나 않으려나 모르겠다.

식탁에서

인간의 최우선적 진실은 '음식을 향한 존재'다. 한 3일만 굶으면 누구든 이것을 부인할 수 없다.

"한번 뵐까요?" "그러지요." "언제 어디서 뵙는 게 좋을까요?" "모레 점심 때 어떨까요? 식사라도 같이하면서." "네, 그때 괜찮을 거 같습니다. 혹시 장소는…" "선생님 연구소에서 가까운 로스쿨 식당은 어떨까요?" "네, 좋습니다. 그럼, 그때 거기서…"

얼떨결에 하버드 한국인 모임(HKFS)의 회장을 맡게 되어서 이런 저런 행사를 치르게 됐다. 행사 준비를 위해 발표를 해주기로 한 K교수와 만났다. 지난번 집행부의 관례에 따라 로스쿨의 구내식당에서 만나 식사를 하면서 의견을 조율했다. 이야기는 잘되었고 행사도 잘 끝났다. 행사 후에는 학교 앞의 H레스토랑으로 이동해 이른바 뒤풀이를 했다. 다들 즐거운 대화를 나눴다. 잠깐, 미리 좀 양해를 구해야겠다. 이 모임이나 행사 이야기를 하려는 게 아니다. 그럼? 사실은 '먹는' 이야기를 좀 하고 싶다. 먹는 이야기? 굳이 왜? 왜냐하면 흔해 빠진 일들이 지니고 있는 엄청난 중요성을, 흔하기 때문에 곧잘 주목받지 못하는 그런 중요성을 어떻게든 부각시켜서 그쪽으로 사람들의 눈길을 돌리고 싶은 것이 나의 철학, 내 '인생론'의 기본이기 때문이다.

따지고 보면 우리 인간들이 하루 세 끼를 먹고 90년을 산다고 칠 때 우리는 대충 98,550끼를 먹는 셈이다. 이것을 한꺼번에 눈앞에 늘어놓는다고 가정해보면 실로 경악할 규모가 아닐 수 없다. 그 중간중간에 먹는 간식, 군것질, 주전부리들은 또 어떤가. 이런저런 것들을 다 차치하고서 우리가 만일 '먹지 않는다면' 어떨지를 생각해보자. 그것은 결국 죽음으로 이어진다. 그러니 우리는 하여간 먹지 않을 수 없다. 하이데거는 인간을 '세계내존재'니 '죽음을 향한 존재'니 하는 말들로 규정했지만, 그 이전에 우리가 알아야 할 진리는 인간이 '음식을 향한 존재(Sein zum Essen)'라는 것이다.

보스턴에 와서 나는 이 진리를 온몸으로 체험한다. 거의 매일 시장을 보고 식단을 준비해야 하는 기러기의 자취 생활도 그렇지만, 거의 모든 행사에도 꼭 '먹기'가 따라다닌다. 앞서 말했듯이 행사 준비를 위해서도, 뒤풀이를 위해서도 '먹기'가 그것을 도와준다. 9월 새 학기가 시작되면서 이런저런 환영 리셉션이 있었는데, 그것도 기본적으로는 '먹는' 행사였고, 새로 사귄 인사들과의 친분도 대부분 '식사'를 함께하면서 쌓아나갔다. 공관장도 외국에서 고생하는 우리 연구자들을 관저로 불러 만찬을 베풀며 그 노고를 격려해줬다. 이렇듯 '식사'

가 없으면 일이 되지를 않는 것이다. 그런 점에서 식사는 사회적 삶의 결코 무시할 수 없는 절차의 하나인 셈이다.

　그러고 보니 이 먹는다는 것은 우리가 알고 있는 무수한 명작들에서도 알게 모르게 등장해 그 작품의 양념 구실을 톡톡히 한다. 내가 좋아하는 『사운드 오브 뮤직』에도 마리아가 폰 트랩 가의 가정교사로 가던 첫날, 만찬에서 아이들이 놓은 솔방울을 깔고 앉는 장면이 나오고, 『닥터 지바고』에도 유리가 먹을 것을 구하려고 유리아틴에서 바리키노로 나가다가 빨치산에게 납치되는 장면이 나오고, 『벤허』에도 나병에 걸린 어머니와 누이동생에게 에스더가 음식을 전해 주는 장면이 있고, 『쇼생크 탈출』에도 앤디가 탈출에 성공한 뒤 남은 사람들이 식사를 하며 그를 회상하는 장면이 등장한다. 또, 국가 원수들의 정상회담에서도 오찬이나 만찬은 필수적이고, 심지어는 저 거룩하신 분들, 예수 그리스도도 무화과나 포도 등을 자주 언급했을 뿐 아니라 직접 최후의 만찬도 드신 바 있고, 부처님의 『법구경』에도 배고픔은 가장 무서운 질병이라는 언급이 있고, 공자도 '소(韶)'라는 음악을 듣고 고기 맛을 잊었다는 이야기로 그가 고기를 즐겼음을 알려주고, 소크라테스의 경우는 아예 '향연'을 배경으로 한 대화편도 있다.

　이렇듯 우리 인간은 '먹는 존재'인 것이다. 그것이 실은 진리의 일부임을 우리는 새삼 돌아보지 않으면 안 된다. 그러니 또한 먹어야 하고, 제대로 먹어야 하고, 잘 먹어야 한다. 먹는 일은 '인생의 질'을 위한 성스러운 생적 행위의 하나임을 인정해야 하는 것이다.

　내가 굳이 이런 것을 화제로 삼는 것은 최근에 두 가지를 좀 무겁게 느꼈기 때문이다. 하나는 일본이다. 미국에 와서 일본의 친한 친구들이 인터넷으로 올려주는 소식을 보며 재차 절감하는 바인데 일본인의 삶에서는 '식(食)'이라고 하는 것이 '생(生)'의 큰 부분이며, 그것이 '문화'가 되어 일본인들 자신뿐만 아니라 전 세계인의 애호의 대상이 되어 있다는 것이다. 10년 가까이 그것을 먹으며 살아봤지만, 솔직히 그 맛있고 멋있는 음식들이 좀 부러웠다. 특히 보스턴 시내 곳곳의 한국인 식당들이 'Japanese-Korean Restaurant'라는 간판을 내걸고 있는 현실은 언제나 가슴을 무겁게 한다. (단, 미국 손님들도 많이 찾는 한국식 중식당 '북경반점'이 'Korean Restaurant'라고 표기한 것은 자랑스럽다. 'Beijing'이나 'Chinese'라는 표기는 어디에도 없다.)

또 하나는 북한이다. 한 종교단체에서 꾸준히 이메일을 보내오는데, 최근 들어 굶주리고 있는 북한 어린이들에게 먹을 것을 보내주자는 운동을 펼치고 있는 모양이다. 한두 번 듣는 이야기도 아니지만, 바다 건너 일본에서는 꽃보다 더 예쁘게 장식한 온갖 음식들이 '문화'를 운운하는데, 임진강 건너 저편에서는 우리의 어린아이들이 더러는 굶어서 죽고 있다니 가슴이 미어질 판이다. 그나마 올해는 감자 농사라도 잘되었다니 그것으로 허기는 면하고 목숨은 부지해주었으면 제발 좋겠다.

지금 옆에는 맛있는 과일과 과자가 놓여 있지만 저 아이들을 생각하면 이걸 집어 들기도 편치가 않다. 이걸 도대체 먹어야 하나, 말아야 하나. 슬슬 배도 좀 고파오는데….

옷이 날개

● ●　　옷의 진정한 가치는 그것이 누구의 몸에 걸쳐지는가에 따라 결정이 된다. 비단옷도 악인이 걸치면 빛이 바래고 누더기옷도 성자가 걸치면 보배가 된다.

　저 꿈 많았던 청춘 시절에 어쩌면 그다지 청춘답지 않을지도 모를, 아니 어쩌면 너무나 청춘다울지도 모를, 꿈이 하나 있었다. "언젠가 나도 결혼이라는 것을 하게 되겠지. 그럼 아이들도 있을 수 있겠지. 만일 그중에 딸이 있다면 그리고 그 녀석이 크게 된다면 같이 백화점을 돌아다니며 그 녀석의 옷을 골라주며 좋아하는 모습을 보고 싶다." 그런 거였다.

　지난 주말, 보스턴 시내의 한 쇼핑몰에서 딸과 옷을 골랐다. 어쩌면 딸보다 아빠인 내가 더 신이 났었던 것도 같다. 결국 아무것도 '건지지는' 못했다. 숫자는 엄청나게 많았지만 손이 갈 만한 것은 거의 없었다. "무슨 미국이 뭐 이래…" 하면서 누구나 할 듯한 말로 투덜거리며 딸과 나는 다른 한 고급 매장으로 발길을 돌렸다. 괜찮은 것이 몇 개 있기는 했다. 그런데… 당연할지도 모르겠다. 엄청난 가격표가 붙어 있었다. 재벌이 아니라서가 아니라 이건 좀 너무하다 싶어 다음을 기약하기로 했다.

미국 아줌마들도 아가씨들도 옷 고르는 모양새는 하나도 다를 바가 없었다. 그것을 보고 또 철학자의 직업병이 발동했다. "도대체 옷이란 무엇인가? 입는다는 것은 어떤 의미인가?" 하는 철학적인 질문이 연기처럼 피어올랐다.

생각해보면 참 묘하다. 이 지상에 존재하는 저 무수한 생명체 중에 오로지 우리 인간들만이 자기 자신의 가죽이나 털이나 깃털이 아닌 제3의 무언가로 제 몸을 감싸고 있는 것이다. 초등학교 때 읽은 어떤 책에 따르면 자연 상태로는 제 몸도 지키지 못하는 인간의 그 못남, 모자람이 역으로 '문화'나 '문명'을 가능케 했다고 되어 있었다. 그럴 싸했다. 언제부터 그리고 어떻게 인간들이 몸에다 옷을 걸치기 시작했는지 알 길은 없다. '이른바' 최초로서 알려져 있는 것은 저 에덴동산에서 이브와 아담이 선악과를 몰래 따 먹고 부끄러움을 안 뒤 부끄러운 곳을 가리기 위해 걸쳤다는 저 무화과 잎이 옷의 시초라는 것이다. 성경이라는 것은 이런 이야기까지 들려주고 있으니 참 대단한 책임에 틀림이 없다. 그리스 신화에는 뭐 그런 이야기가 없었던가? 잘 기억이 나지 않는다. 나중에 의류학과 교수님들께 한번 물어봐야겠다. 아무튼.

시작은 하여간에 옷이라는 것은 그 후 언젠가부터 단순한 '가림'이나 '보온'의 기능을 넘어 '문화'의 경지에 들어섰다. 신분사회에서는 옷이, 특히 그 색깔까지 신분의 상징이 되기도 했다. 김춘추 시대의 신라가 고유의 복식을 버리고 중국의 그것을 공식적으로 채택한 이야기는 유명하다. 그것은 이미 옷이라는 것에 국제정치의 역학관계마저 개입되었다는 것을 의미한다. 지금 우리가 양복을 입고 있는 것도 마찬가지다. 이른바 의관을 정제하는 것은 유교의 한 덕목이 되기도 했다.

지금의 우리에게 옷의 의미는 과연 무엇일까? 아마도 패션이 그 답 중 하나에서 빠질 수는 없을 것 같다. 기능은 패션에 가려 오히려 부차적인 것도 같다. 몇 년 전 아내와 함께 『패션 70's』라는 이요원 주연의 드라마를 재미있게 본 기억이 난다. 그리고 어떤 음악회에서 청중석의 앙드레 김을 둘러싸고 사람들이 사진을 찍겠다며 난리법석을 치던 일도 생각이 난다. '패션'이라는 것이 우리네 삶의 만만치 않은 큰 부분이 되었음을 증명하는 사례이리라. 어떤 옷들은 아예 예술의 경지에까지 올라가 있다.

그런데 패션도 패션, 예술도 예술이지만 나는 때로 누군가가 몸에 걸쳤던 옷이 소더비 같은 데 나와 경매되는 것을 흥미롭게 지켜본다. 그 옷 자체야 사실 금실 은실로 짠 것이 아닌 이상 뭐가 그렇게 다르겠는가. 하지만 그런 옷들이 금실 은실로 짠 옷들보다 더 비싸게 팔리기도 한다. 그 '가격'이 말해주는 '가치'는 무엇일까? 그것은 그 옷을 입었던 '사람'의 가치인 것이다.

소위 '예수의 수의'라는 것이 거듭 세상의 관심이 되기도 한다. 신의 아들이라는 예수도 일단 사람의 몸으로 사람의 삶을 살았으니 옷을 입었을 것이다. 성경에 보면 예수가 십자가에 못 박히기 전 그 옷을 벗기고 자색 옷을 입혀 온갖 모욕을 주고 다시 본인의 옷을 입혀 십자가에 못 박는데 사람들이 그 옷을 서로 차지하려고 제비를 뽑고 하는 장면이 전해진다. 지금 생각해보면 기가 찰 일이다. 그게 실제로 있었던 것이다. 그런데 그의 그 보잘것없는 옷이 만약 소더비에 나온 다면, 과연 얼마만큼의 황금으로 그 옷을 살 수 있을지….

옷의 진정한 가치는 그것이 누군가의 몸에 걸쳐지는 그 순간 비로소 결정된다. 가격표의 가격은 제아무리 길어야 10년을 가지 못한다. 하지만 누군가의 옷은 썩어 누더기가 되어도, 피로 얼룩져 더러워져도, 결코 그 가치를 잃지 않는다.

사람들은 "옷이 날개"라고들 한다. 그래 그건 그렇다. 철학자라고 굳이 그것까지 트집 잡을 생각은 없다. 하지만 그 날개를 달고 우리가 과연 어떤 하늘을 날아야 할지는 한번쯤 생각해볼 필요가 있지 않을까. 부디 그 예쁜 날개를 쓰레기통에서 퍼덕거리지 말고, 저 아름다운, 우아한 무지개를 향해 날기 바란다.

들리는가, 저 바람소리

● ● 　굳건히 잡지 않으면 저 거센 '시간의 바람'이 세상의 온갖 보배들도 다 휩쓸어간다. 외양간은 소 잃기 전에 고쳐야 한다.

　언젠가, 시간의 발자국 소리를 들은 적이 있다. 그래서 「사투르누스—12월 31일 자정에」라는 제목으로 시를 한 편 썼다.

　또렷이 들려온다

　성큼성큼

　거침없다

　영원으로 향하는 그의 길은 일방통행

　앞으로 앞으로만 나아간다

　언제나 투명망토를 걸쳐 입은 그는

그래, 바로 그다!

날마다 말없이 태양과 달을 굴려가던

모든 생명들을 가을과 겨울로 몰아가던

추호도 가차없던……

어둠 속에서 그의 옷자락을 잡아보려 하지만

어림없다

나는 그에게 항복한다

눈에 보이지는 않지만 그는 움직인다. 엄청난 위력으로 세상 모든 것을 휘몰아간다. 사람들이 그걸 아예 모르는 건 아니겠지만 각자 '이익'을 좇기에 바빠 그다지 특별한 관심은 없는 것 같다.

그런데 이 시간의 신 '사투르누스'는 아무래도 '바람'이라는 부관을 한 명 데리고 다니는 것 같다. 그건 신화에도 나오지 않는다. 어쩌면 저 신화세계의 특급비밀인지도 모르겠다. 시간을 따라다니는 이 바람은 세상의 이곳저곳에 휘몰아치며 세상의 이런저런 것들을 휩쓸어간다. 사람들이 웬만큼 단단히 붙들지 않으면 그는 가차없이 그것을 거두어간다. 아무리 좋은 것들도 예외는 없다.

최근 J일보의 한 칼럼에서 「멀어진 문학을 다시 부르며」(송호근)라는 글을 읽었다. 필력이 느껴지는 좋은 글이었다. "'문학의 나라' 한국에서 문학은 오래전에 죽었다. 역량 있는 작가와 걸출한 작품이 출현하지 않아서가 아니라 문학이 번성할 환경과 전통을 우리 스스로가 짓밟은 탓이다"라는 그의 말에 깊이 공감했다. 그 글을 읽으며 내게는 시간의 바람이 우리 한국사회에서 저 '문학'이라는 것을 저승사자처럼 휘잡아 채가는 섬뜩한 장면이 그려졌다. 글쓴이가 간절하게 그것을 다시 부르고 있었지만 과연 바람이 그것을 되돌려줄지 갸우뚱한 고개가 무거웠다.

"문학 없이는 살 수 없었던 시대가 있었다. 이광수 이래 1970년대까지도 문학은 시대의 고뇌를 담아내는 저수지였고, 작가는 지정의(知情意)를 융합해 시대정신의 출구를 뚫는 전사였다. 작가는 당대 최고의 지성이었다." 듣고 보니 그랬다. 나에게도 문학은 그런 의미에서 하나의 등불이었다. 나는 그동안 '철학'을 하느라 나름 바빴던 관계로 문학에서 한 발 물러나 있었는데 뒤늦게 그것이 그리워 돌아와보니 이미 오래전에 죽고서 없다고 한다. 가슴 한구석에서 휑하니 찬바람이 분다. 아무래도 좀 너무 늦은 것 같다.

문학이 떠난 그 자리는 어느 사이엔가 가볍디가벼운 낯선 언어들이 차지해 이미 등기도 다 마친 듯하다. 더러는 냉기와 독기도 머금고 있다. 거기엔 SNS라는 일견 멋스러운 명패가 내걸려 있다. 댓글이라는 것도 그 자리를 들락거린다. "계발서와 트렌드 서적이 판을 치는" 모습도 눈에 보인다. 대부분의 책들이 영혼 대신 오직 돈으로만 연결이 된다. 이 모든 게 다 '독자'가 죽은 탓이다. 문학에서 세상을 읽고 인생을 읽고 시대를 읽으며 작가와 함께 영혼의 교감을 나누던 '독자'들을 누군가가 모조리 몰살을 했다. 알게 모르게 독살처럼. 도대체 누가 그들을 죽여버렸나? 우리는 지금이라도 수사에 착수해야 한다. 심증이 가는 자들은 여럿이 있다. 무엇보다도 "영혼과의 대화가 언어와 행동양식으로 전환되지 않는 나라"가 문제였다. 아니 애당초 영혼과의 대화 그 자체를 용납하지 않는 제도와 환경이 문제였다.

"시대가 그렇고 세상이 그렇다"라는 말로 호도하지는 말아야 한다. 세상이 다 그렇다고는 말할 수 없다. 지금도 세상 곳곳에서는 세상과 삶과 스스로의 내면을 영혼으로 읽으며 그것을 언어로 작품화시키고 있는 작가들이 여전히 성업 중인 사회가 존재하며, 거기서는 그들의 글을 역시 영혼으로 읽으며 삶의 질을 손질하는 독자들이 책을 사 본다. 그런 곳에서는 저 시간의 바람도 작가와 독자를 함부로 쓸어가지 못한다. 바로 그런 곳에서 아마 저 '노벨상' 같은 것도 그 대상을 찾을 것이다.

"문학이 일상에 스미고, 일상이 예술적 상상력을 생산할 때 각박한 현실도 풍요로워지는 법"이라는 저 칼럼니스트의 마지막 말에 나도 힘을 보태고 싶다.

시간의 바람은 오늘도 거세게 불고 있다. 굳건히 지키지 않으면 저것이 또 무엇을 쓸어갈지 알 수가 없다. 잘 들어보라. 당신에게도 들리는지. 저 스산한 바람소리가.

언어 클리닉

● ◉ 　언어가 살아야 정신이 살고 정신이 살아야 세상이 산다. 언어가 지금 병상에 있다. 증세로 보면 거의 말기다.

　진단서를 한 장 쓰기로 한다. 처방전도 함께 쓰기로 한다. 이런 것이 이른바 '불법 의료 행위'에 해당하지는 않을 것이다. 왜냐하면 환자명이 '언어'라는 것이고 나는 공인된 철학자로서, 철학에는 현실에 대한 일종의 의료적 역할이 기대되고 있는 만큼, 어떤 점에서는 이런 종류의 진단과 처방을 할 수 있는 '의료 면허'가 있는 셈이다.

　별로 소문이 나지는 못했지만 나는 '언어의 건강'이라는 것을 거의 20여 년 전부터 강조해왔다. 이 '의학적 언어철학'의 기본은 대략 이렇다. 인간은 언어적 동물(zoon logon echon)이다. 그리고 동시에 사회적 동물(zoon politikon)이다. 사회적 동물인 인간은 그 사회의 대기를 감싸고 있는 특유의 언어들을 마치 공기처럼 호흡하면서 그 영혼의 건강을 유지해간다. 따라서 언어라는 공기가 맑으면 영혼도 맑고 언어라는 공기가 탁하면 영혼도 탁해진다. 언어와 영혼 사이에는 그런 인과관계가 성립한다. 대충 그런 것이다. 듣고 말하는 언어들이 파라면 영혼도 파랗게 물들어지고 언어가 빨가면 영혼도 빨갛게 물이 든다. 이렇게 시각적으로 말하면 좀 더 이해가 빠를지 모르겠다. 언어라는 것은 책, 강의, 신문, TV 등등 그야말로 온갖 형태로 우리들의 눈과 귀를 통해 정신 안에 들어와 혈관을 타고 떠돌다가 시간이 지나면서 차츰 자신의 피와 살과 뼈의 세포에 스며 알게 모르게 자신의 일부로 자리 잡는다. 그것을 우리는 '교양의 메커니즘'이라고도 부를 수 있다.

아무튼, 언어란 그런 점에서 인간의 의식 내지 영혼의 재료인 셈이다. 그 언어가 지금 우리 사회의 여기저기서 거의 손쓸 수 없을 정도의 병증을 보이고 있다. 암으로 치면 거의 말기다. 정신병으로 치면 거의 발광의 단계에 접어들었다. 완전히 다 망가져간다. 좀 너무 과격한가? 아니, 지금 우리의 언어 현실을 감안하면 이 정도는 점잖아도 너무 점잖다. 청소년들은 지금 욕이 없이는 아예 대화가 불가능하다고 보도되었다. 인터넷에 떠돌아다니는 저 괴상한 외계어들과 살벌한 언어들을 보면, 그리고 그것들이 발휘하는 막강한 위력을 보면, 특별히 많은 증거 제시가 따로 필요할 것 같지도 않아 보인다. 무엇보다도 책과 신문의 언어들이 다 죽어간다. (심지어 어떤 인터넷판 신문들은 사람들의 시선을 끌기 위해 '경악', '의외', '충격', '무려', '그만' 등과 같은 사기성 짙은 단어들로 제목을 달며 스스로 천박한 언어의 대열에 합류한다.) 이 모든 것이 다 이른바 '독자'가 사라져간 탓이다. 이따금씩 아주 괜찮은 글들이 없지 않지만 그 사회적 반향이 너무나 작다. 그 파문이 번지기에는 연못이 너무 좁고 그 메아리가 울리기에는 산들이 너무 낮다.

나는 감히 선언하건대 이 병이 자라난 환경은 지금 우리를, 아니 세계를 완전히 장악해버린 저 인터넷과 휴대폰 속에서의 인간관계다. 그리고 저 삭막하고 살벌한 경쟁판이다. 언어는 그 '소리'의 체온을 잃고 오직 싸늘한 '전파'를 통해서만 전달이 된다. 그리고 오직 '돈'을 타고서만 돌아다닌다. 세균이 번식하기에 너무 좋은 환경이 거기 조성돼 있다. 화면은 언어의 온갖 따뜻함을 다 잘라먹고, 익명성은 그어떤 비겁함도 다 숨겨준다. 면전에서라면 차마 말하지 못할 그 '차마'도 슬그머니 사라져갔다. 증오와 저주의 언어도 거침이 없다. 자극적인 비난과 천박한 막말은 바로 그 때문에 오히려 인기를 끈다. 참으로 요상한 세계가 아닐 수 없다.

물론 이 모든 증세의 진짜 원인균은 따로 있다. 그것은 사회 구석구석에 산재하는 저 '모순'들이다. 그 모순들이 시정되지 않고는 이 언어의 질환은 절대로 낫지 않는다. 그 모순들의 밑바탕에는 결국 개인과 집단의 추악한 '욕망'들이 웅크려 있다. 그것을 다스려나가지 않으면 증세는 더욱 악화될 뿐 치유의 가능성은 점점 더 멀어져간다.

어쩔 것인가? 방법은 없는가? 아예 없지는 않다. 언어의 병은 우선은 언어로 치료하는 것이 정석이다. 마치 피 갈이를 하듯 우리 사회의 언어들을 갈아야 한다. 고약한 언어들을 걷어내고서 훌륭한 언어들로 그 자리를 채워야 한다. 마치 죽어버렸던 템스강을 살려내듯이, 썩어버렸던 청계천을 살려내듯이, 그런 자세, 그런 끈기와 지혜로 임해야 한다. 그것은 거의 전쟁과도 다를 바 없다. 철저한 전략도 짜내야 한다. 그런 작업을 만만하게 본다면 백전백패다. 종국에는 인간의 파멸로 가게 된다.

그러니 처방을 생각해보자. 인터넷과 휴대폰에 언어 필터를 설치하는 것은 불가능할까? 특정 단어에 대해 과태료를 부과해보는 것은 또 어떨까? 아니면 벌점을 부과해보는 것은 또 어떨까? 마치 교통 범칙의 벌점처럼. 그 벌점이 모이면 의무적으로 고전을 읽도록 '독서 명령'을 내리는 법을 만들면 또 어떨까? 아니, 시나 에세이를 한 백 편쯤 쓰게 하는 것은 또 어떨까? 그런 것을 관리하는 관청을 만들어 그 벌금으로 월급을 주면 일자리 창출에도 조금은 도움이 되지 않을까? 더 확실한 방법도 없지는 않다. 수능 시험에 '읽기와 쓰기'를 한 50퍼센트 정도 반영하는 것이다. 그래, 그것 참 괜찮은 방법이겠다.

장난이 아니다. 온갖 지혜를 다 짜내야 한다. "미꾸라지 한 마리가 물을 흐리게 하기는 쉽다. 그러나 나무 한 그루가 공기를 맑게 하기는 정말 어렵다"고 나는 말한 바 있다. 공기를 맑게 하기란 그렇게 어려운 일이다. 그러니 온갖 지혜를 모아 건강한 언어의 숲을 조성하지 않으면 저 빈사의 언어를 살려내는 것은 난망인 것이다. 일단은 각자가 한 그루의 나무가 되자. 그래서 맑은 산소 같은 언어를 저 혼탁한 대기 중으로 내뿜어보자. 그것만 해도 5천만이 모이면 엄청난 숲을 이룰 수 있다. 나의 이 글도 그런 한 그루의 나무가 되기를 소망해본다. 묘목이지만 언젠가는 거목으로 자랄 수도 있는 거니까. 새끼를 칠 수도 있는 거니까.

표정과 윤리의 함수관계

● ●   저 싫은 것을 남에게 하지 않는 게 곧 윤리다. 저 좋은 것을 남에게도 해주면 더욱 윤리다. '서(恕)'라는 글자 하나만 살아 있어도 세상과 천국이 따로 없다.

    나는 오랜 기간 철학을 공부하면서도 정작 그 가장 중요한 분과인 '윤리'에 대해서는 좀 거리를 유지해왔다. 그것을 제대로 말하기 위해서는 스스로의 삶 자체가 곧 '윤리'이지 않으면 안 된다는 게 내 생각이었고 그것은 아무나 쉽게 할 수 있는 일이 아니라 믿었기 때문이다. 이를테면 공자, 부처, 소크라테스, 예수 같은 분들이 그런 의미의 윤리학자였고 그들의 삶이 곧 윤리였다. 물론 세상에는 스스로의 삶의 모습과 아무 상관도 없이 전혀 거리낌 없이 너무나 쉽게 소위 학문으로서의 윤리를 운운하는 이들이 얼마든지 있다. 나는 그런 이들의 언어를 그다지 신뢰하지 않는다.

소위 윤리에는 그리 많은 언어들이 필요치 않다. 『논어』, 『소크라테스의 변명』, 그리고 『불경』과 『성경』이 네 권만 해도 윤리는 넘칠 정도다. 아니, 그중의 한두 마디만 제대로 실천해도 사람은 충분히 윤리적 인간이 되고 세계는 충분히 윤리적 세계가 된다. 그중에서도 내가 행위의 황금률이라 부르는 것이 있다. "네가 남에게 대접받고자 하는 대로 남을 대하라"는 예수의 말과 "너에게 싫은 바를 남에게 행하지 말라"는 공자의 말이 그것이다. 이 둘은 사실 표현만 다를 뿐 같은 말이다. 자기가 자기 자신을 생각해보면 남을 어떻게 대해야 할지 자기 안에 그 기준이 있다는 말이다. "역지사지" 즉 "입장 바꿔 생각해봐" 하는 것도 같은 말이다. 그런데 사람들은 대개 자기만을 생각할 뿐, 혹은 자기를 먼저 생각할 뿐, 쉽게 남의 입장을 고려하지 않는다. '남을 나처럼 생각한다'는 것, '같은 마음이 되어본다'는 것, 여기에 윤리의 핵이 있다. 공자는 그것을 서(恕)라고 불렀다. 이 글자 하나를 실천하기가 그렇게도 어려운 일인 것이다. 세상이 온통 개판인 것은 오직 이 글자 한마디가 개밥에 도토리처럼 내돌림을 당하기 때문인 것이다.

지난번 수업시간에 K교수는 마르틴 하이데거의 소위 심정성(Befindlichkeit: 일반적으로 말하는 기분, 분위기와 유사)이라는 저 특유의 개념을 'mood'라는 말과 견주어 설명하면서 좀 뜻밖에 일본의 다도를 예로 들었다. 아마도 그 고요라든지 집중이라든지 하는 다도 특유의 분위기가 미국인으로서는 몹시도 인상적이었던 모양이다. 미국에서 일본에 관한 이야기를 들으면 언제나 긴장과 불편을 느끼지 않을 수 없다. 그게 하버드라면 더욱 그렇다. 그래서 수업이 끝난 후 교수를 찾아가 그 다도의 정신에서 고요나 집중보다 더욱 기본적으로 중요한 것은 '사람을 대하는 사람의 마음가짐', '손님을 맞이하고 대접한다는 것', '그 손님에게 최선을 다한다는 것', '최선의 것을 주고 싶어 한다는 것'이며, 한국에서는 그것을 '대접'이라 부르고 일본에서는 그것을 '모테나시'라 부른다는 것을 이야기해줬다. 그는 "바로 그런 것을 듣고 싶었다"며 감사를 표시했다. 나는 그렇게 은근히 '한국'의 존재를 알려주고 싶기도 했다.

나도 일본에 살고 있을 때, 그리고 한국의 한 산사를 방문했을 때 몇 번 그 손님의 자리에 앉아본 적이 있어 그 '무드'를 잘 알고 있다. 보통 소중한 사람을 맞을 때는 방을 치운다고 한다. 손님은 그렇게 함부로 할 수 없는 어떤 특별한 존재인 것이다. 사람이 사람을 대할 때는 그런 조심스러운, 그런 정성스러운 마음가짐이 필요한 것이다. 바로 그런 대접의 마음에 '윤리'가 있다.

무슨 손님까지는 아니더라도, 대접까지는 아니더라도, 우리는 사람이 과연 사람을 사람으로나 대하고 있는지 심각하게 자문해보지 않으면 안 된다. '함부로, 되는대로, 닥치는 대로, 아무렇게나, 마구잡이로' 그렇게 사람을 대하는 게 우리의 가슴 아픈 현실이 아닐까? 실은 바로 그런 '사람 대하기'에서 지금의 저 '엉망진창'이, '삶의 힘겨움'이 유래되었음을 우리는 깨달아야 한다. 아무도 남을 나처럼 생각하지 않는다. 하물며 '이타주의'야 말해 무엇하겠는가. (하버드에 와서 바로 이 주제로 강연했던 저 프린스턴의 피터 싱어가 한국에서도 과연 '이타(altruism)'를 입에 올릴 수 있을지 궁금했다.)

사람이란 수동적으로 만들어지는 가소적인 존재다. 우리가 지금 어 떠어떠하게 되어 있다는 것은 누군가가 우리를 그러그러하게 만들었 다는 것이다. 무엇보다도 그것은 사람의 표정에서 드러난다. 알고 있 는가? 외국에 나와보면 우리 한국인들의 표정이 뭔가 다름을 느끼게 된다. 우리의 표정은 어딘가 힘들어 보이고 경직돼 있고 어딘가 일그 러져 있다. 많은 경우에, 고생한 흔적이 역력히 드러난다. 그렇게 대 접받으며 살아온 결과다. 집에서도 학교에서도 사회에서도.

세상 어디나 꼭 그런 것은 아니다. 미국의 거리를 다니다보면 개들 이 그렇게 많이 눈에 띈다. 그런데 참 이상하다. 이 개들의 표정이 대 체로 순하다. 덩치는 커도 그 눈빛이 전혀 위협적이지 않다. 지나치면 서 그 개 주인들은 살짝 미소를 지어 보이기도 한다. 겁낼 것 없다는 그런 신호다. 그 개들이 보살핌을 받고 사랑을 받지 않는다면 그런 순 한 표정이 나올 수 없다. 개들의 저 순한 표정이 윤리란 무릇 어떤 것 이어야 하는지를 가르쳐준다.

세상 어디선가는 저렇게 개들도 사람처럼 대접받는데, 또 어디선가 는 사람이 개만도 못한 취급을 받기도 한다. 윤리란 사람이 사람을 사 람처럼 대하는 그 마음이다. 동학의 최제우처럼 사람이 곧 하늘(人乃 天)이니 사람을 하늘처럼 대하라고까지는 말 못하겠다. 최소한 사람 을 사람답게, 저 싫은 것을 함부로 하지나 말았으면 좋겠다.

어젯밤 꿈에 내가 다른 사람 몸속에 들어가 있는 이상한 꿈을 꾸었 다. 이제 슬슬 윤리를 말해보라는 신의 계시인지도 모르겠다.

진리의 인기순위

● ●   인간이 진리에게 '꼴찌'를 매기는 순간, 그 인간은 진리 앞에서 꼴찌가
된다.

산산이 부서진 이름이여!

허공중(虛空中)에 헤어진 이름이여!

불러도 주인(主人) 없는 이름이여!

부르다가 내가 죽을 이름이여!

김소월 시집『꿈으로 오는 한 사람』에 나오는 시「초혼(招魂)」의 일
부분이다. 진리에 관한 논문을 준비하다가 문득 소월의 이 시가 떠올
랐다. 이 시를 저 '진리'라는 이름과 연결시키는 것은 오버일까? 아
니, 적어도 철학에 종사하는 분들 중 상당수는 아마 깊은 한숨을 내쉬

며 고개를 끄덕일 것이다.

아는지 모르겠지만, 소위 학문의 전당, 진리의 전당이라는 대학에는 교표라는 게 있는데 이 마크들 중 상당수가 거기에 '진리'라는 말을 내걸고 있다. 한국에서 가장 인기 있는 한 대학의 마크에도 "진리는 나의 빛(veritas lux mea)"이라는 말이 들어가 있고 지금 내가 머물고 있는 미국 하버드대학의 문장에도 거기에 '진리(veritas)'라는 라틴어가 새겨져 있다. 그만큼 이 말은 숭고한 그 무엇이다. 아니 적어도 우리 주변에서는 무엇 '이었다'라고 말하는 것이 정확하겠다. 오늘날의 대학에서 이 말이 아직도 과연 살아 있는지 의심스러우니까.

물론 "대학에 진리가 왜 없어? 도대체 진리라는 게 뭐 어떤 건데?" 하고 따지고 든다면 이야기가 간단하지는 않다. 그런 말에 제대로 답변하자면 적어도 책 몇 권은 필요할 것이다. 내가 전공한 하이데거만 해도 진리에 관해 쓴 글이 여러 개 있다. 그는 '존재'라는 것 그 자체를 진리와 엮어서 설명한다. "감추어져 있지 않고 드러나 있는 것, 그리고 인간이 그것을 드러낸다는 것, 아니 그 이전에 근본적으로 열려 있다는 것", 그런 것을 그는 진리라고 불렀다. 엄청 복잡하지만 기본은 대충 그런 것이다. 그는 이런 생각을 저 2,600년 전의 고대 철학자 파르메니데스와 공유한다. 젊은 청년 파르메니데스는 신비한 마차 여행 끝에 '진리'라는 여신을 만나게 되고, 그녀로부터 '존재'에 관한 진리를 직접 들은 뒤 그것을 아름다운 시의 형태로 남겨주었다. 존재가 진리라는 건 황당한 이야기가 절대 아니다. 엄청난 존재의 세상이 이렇게 열려 있고, 그 안의 만유가 지닌 오묘한 존재 질서들을 눈여겨보면 우리는 그저 경탄에 경탄을 금할 수 없다. 그 신비는 어쩌면 진리라는 말로도 부족할는지 모를 정도다. 대학은 바로 그런 존재의 진리를 탐구해 그것을 각 분야의 언어로 풀어내던 숭고한 곳이었다.

물론 진리란 그것만도 아니다. 진리는 다양한 방향에서 외쳐졌다. 알다시피 예수 그리스도는 스스로를 "길이요 진리요 생명"이라고 규정했다. '신에 대한 사랑과 이웃에 대한 사랑'이 그 진리의 틀 안에서 함께 울렸고 대학은 그런 진리의 체현도 그 책무의 일부로 생각해왔다. 근세 이후의 과학들도 기본적으로는 그 진리 탐구의 일부로 스스로를 인식했다.

사람들은 그런 모든 것을 뭉뚱그려서 진리라는 말로 우러러봤다. 적어도 그런 '시선'이라는 게 존재했다. 저 암울했다고 하는 1970년대만 해도, 그래도 적지 않은 사람들이 그런 시선을 공유하면서 세상과 삶을 바라보았고, 그 연장선에서 뭔가 의미 있는 언어들을 생산해냈다. 그런 시선이 어느샌가 빛을 잃고서 허공중으로 사라져버린 것이다. 진리라는 그 이름은 거의 산산이 부서졌다. 몇몇 사람들이 애타게 그 이름을 다시 불러보지만 빈사 상태인 그에게서는 신음소리만이 가늘게 들려온다.

세상에는 그저 지독할 정도의 이익 추구와 거기에 편승한 엔터테인먼트가 판을 친다. 그 '판'이 어떤 판인지에 대한 자각도 그다지 없다. 한가하게 진리 운운하다가는 그 거대한 물살에 휩쓸려 어디로 떠내려갈지 알 수도 없다. 그런 와중에서 온갖 존재는 오직 이익을 기준으로 수량화되고 일등부터 꼴등까지 줄 세워진다. 소위 '순위'는 무소불위의 권력이 되어 이익의 노예가 된 인간들에게 가차 없이 채찍을 휘둘러댄다. 진리를 내다 버린 인간들에게는 이제 저 숫자의 신만이 경배의 대상으로 남아 있다. 소위 진리의 인기순위는 거의 저 바닥, 아니 그 바닥도 되지 못하고 아예 차트에서 밀려나 있다. 진리에 대한 철학자의 사색과 시인의 시는 젊은 아가씨의 육감적 사진 한 장을 결코 넘지 못한다.

그럼 어쩌냐고? 마지막 진리가 한 조각 남아 있다. 그것은 희망이라는 이름으로 불리고 있다. 산불로 온 숲이 재가 되어도 자연은 이윽고 거기에 파릇한 새 생명의 싹을 틔워준다. 누군가 관심 있게 이런 글을 읽어준다면 그리고 그의 눈빛이 일순 반짝인다면 그 눈빛이 바로 그 희망의 새싹이 될 수도 있다.

"전하, 신에게는 아직 열두 척의 배가 남아 있사옵니다." 하던 이순신의 심정으로 나는 오늘도 글을 쓴다. 진리라는 잉크에 펜을 적시며.

불행에 대처하는 법

● ●   오직 '다음의 행복'만이 다소나마 지금의 불행을 지울 수 있다. 온갖 짓 다해 자신을 추스르고 노력하면서 '다음' 또 '다음'을 기약할 것.

　　이른바 '긍정의 행복론'이라는 것이 한때 유행했다. 아니, TV나 인 터넷이나 서점을 보면 지금도 어디선가는 그런 것들이 크게 위세를 떨치고 있는 형국이다. 황수관 박사의 소위 '신바람 건강법'은 그 대 표적 현상의 하나로 시대의 한 장면이기도 했는데 그가 세상을 떠나 면서 이제 많은 사람들에게 추억의 한 토막으로 남을 것 같다. 소위 처세서 혹은 자기계발서가 가장 활성화된 미국에서도 이런 식의 담론 은 어렵지 않게 손에 잡힌다. 잘 알려진 조엘 오스틴의 『긍정의 힘』도 그중 하나다.

　　그런 이론의 핵심은 아무튼 "실제의 상태와 상관없이 긍정의 마음을 갖고 긍정적인 말을 하고 행동을 하면 실제로 행복한 상태가 될 수 있다"는 것으로 요약될 수 있다. 심지어 "믿는 대로 된다"는 말까지 있다. 아닌 게 아니라 대학에 몸담고 있으면서 면접이라는 것을 많이 하게 되는데, 밝고 긍정적인 학생들에게 아무래도 더 좋은 점수를 주게 된다. 그러니 거기에 어떤 일정한 근거가 없지는 않아 보인다.

어떻게 보면, 불행의 한가운데 있는 사람에게 긍정과 수용과 희망과 극복을 이야기하며 밝게 처신하라는 것은 일종의 자기최면을 걸라는 것이기도 하다. 그것은 일종의 속임수일 수도 있다. 인간이란 연약한 존재라 적당히 그 속임수에 넘어간다. 그렇게 속아주는 것도 나쁘지 않다. 그것이 욱신거리는 불행의 상처를 잠시나마 잊게 만드는 진통제가 될 수도 있는 거니까. 마냥 아프기만 할 수는 없는 거니까.

하지만 사람들의 삶이라는 것을 보면 그게 그렇게 간단하지만은 않다. 인생의 실제 상황에서는 대개 성공보다는 실패와 좌절이 훨씬 더 크고 많으며 희망보다는 암담함, 행복보다는 불행, 기쁨이나 즐거움보다는 슬픔이나 괴로움이 압도적으로 더 자주 우리를 찾아오는 법인데, 그럴 때마다 긍정이라는 자기최면이 만병통치약이 될 수는 없는 것이다. 막상 본인이 그런 상황의 한복판에 있다고 생각해보자. 어느 정도 그 상황 자체가 시간의 강물로 희석될 때까지는 어떤 좋은 말도 그다지 가슴에 닿지 않는다. 특히나 '화/분노'가 그 상황을 지배하는 경우라면 더욱 그렇다.

그럴 때는 그 상황에 대해 '부정적 반응'도 '병행'하라고 나는 권하고 싶다. 한때 인기를 누렸던 할리우드 영화『귀여운 여인』을 보면, 기업 사냥으로 큰 부자가 된 남자 주인공 에드워드(리처드 기어 분)가 여자 주인공 비비안(줄리아 로버츠 분)과 대화 중 자기 아버지 이야기를 꺼내는데, 아버지와의 꼬인 관계 때문에 정신을 앓던 그가 아버지의 회사를 사들여 그것을 조각내 팔아치우고 분풀이를 하고 나니 의사가 "당신은 이제 치유되었다"고 하더라는 인상적인 장면이 나온다. "모든 게 다 빌어먹을 아버지 때문"이라는 오직 그 한마디를 하기 위해서 막대한 병원비를 그는 지불했다는 것이다. 물론 부정적 반응으로 자기가 상하거나 혹은 인간관계가 거의 '전쟁 상태'로 간다면 그것은 또 다른 문제를 야기하므로 역시 간단하지만은 않다. 그럴 때는 우선 하기 쉬운 적당한 비관이나 투덜거림, 약간의 원망이나 혹은 비난 정도로 시작하여 자신의 짐을 더는 것도 나쁘지 않다. 일단 '부정적 반응'을 억지로 피하지는 말라는 것이다.

그러다 보면 (특히 불행을 초래한 나쁜 자들을 실컷 욕하다 보면) 그것만으로도 약간의 효과가 있다. '부정의 긍정적 효과'라고 할까? 단 그것이 원천적으로 상황을 뒤집어주지는 못하므로 '긍정의 노력'도 당연히 곁들여야 한다. 구체적인 방편은 상당히 많다. 그러면 또 조금 더 나아진다. (물론 가장 이상적인 것은 문제 자체의 원천적 해결이다.) 그렇게 저렇게 하면서 상황 그 자체를 변전시켜나가는 것, 그게 인생인 것이다. 인생도 자연의 일부라 끊임없이 문제 상태에서 정상 상태로 회복되려는 원리에 따라 움직인다. 삶의 원리는 뜻밖에 간단명료한 측면이 없지 않다. 때로는 시간과 운이라는 것이, 또는 제3의 누군가가 우리를 도와주기도 한다.

물론 막다른 골목 같은 불행도 있다. 예컨대 죽음과 같은 극단적인 상황이 실제로 닥쳤을 때는 어찌하는가? 퀴블러 로스(Elisabeth

Kübler-Ross)의 『인간의 죽음』에 따르면 대체로 우리 인간은 죽음의 5단계로 (1) 부정 → (2) 분노 → (3) 타협 → (4) 우울 → (5) 수용의 과정을 거친다고 한다. 임종 환자 200여 명에 대한 이런 조사 결과는 사람들의 자연스러운 반응 과정이므로 충분히 참조할 가치가 있다. 거부할 수 없는 힘에 대한 우주적 순응. 달리 선택의 여지가 있을 수 없다. 죽음을 앞둔 예수 그리스도의 반응도 그런 점에서 너무나 시사적이다. 잘 알려졌듯이 예수는 죽음을 짐작하고 "내 아버지여, 만일 할 만하시거든 이 잔을 내게서 지나가게 하옵소서"라고 기도했다. '신의 아들'이라는 그분조차도 그 우주적 질서를 비켜가는 것은 불가능했다. 해서 그는 "아버지의 원대로 하옵소서"라는 말로 결국 그것을 수용했다. '극단적 불행에 대처하는 법'의 한 모범답안이다. 그렇게 그는 영원히 지워지지 않을 십자가의 신화를 남겨놓았다.

터무니없는 독배를 마다하지 않은 소크라테스와 저 보에티우스, 조르다노 브루노, 토머스 모어 등의 경우도 옥사, 화형, 참수를 의연하게 받아들이며 비슷한 장면을 연출했다.

진리는 대개 자연적 현상 속에 숨겨져 있다. 인간적 자연으로는 일단 행복이 좋고 불행은 나쁘다. 그러니 자연이 시키는 대로, 살다가 행복이 오면 웃고 살다가 불행이 오면 울자. 억울한 일에는 분개도 하자. 잊어야 한다면 잊어버리자. 하지만 거기서 끝내지는 말아야 한다. 온갖 짓 다해 자신을 추스르고 노력하면서 그러면서 그 '다음'을 기약한다. 그것이 철학자로서 내가 내리고 싶은 '처방전'이다. 그러다 보면, 다음의 행복이 찾아와 조금은 지금의 불행을 지워준다. 그것이 자연스러운 과정일진대 그런 게 진리가 아니고 무엇이겠는가.

인생은 그렇게 굴러간다. 그렇게 세월도 흘러간다. '자기'를 아예 다 버리고 떠나든지, 아니면 자기를 모조리 다 하늘에 맡기든지, 혹은 불행에 관여한 자를 모조리 타도하든지, 그렇게 하지 않는 한, 우리 인간은 그때그때 긍정과 부정을 오가면서 자기 스스로를 보듬고 노력하는 수밖에 도리가 없다. 삶이라는 희로애락의 마지막 그 순간에 이를 때까지.

고달픈 삶에 대한 격려 삼아서 여기 내가 대학생 때 좋아하던 미당 서정주의 시 한 수를 소개해둔다.

산골 속 햇볕

잊어버려라
그래 우리는 다음 山골로 가자

잊어버려라 또 한 번 더 잊어버려
그래
우리는 또 그 다음 山골로 가자

잊어버려라
자꾸자꾸 잊어버려
그래 우리는

또 그 다음 그 다음 山골로 가자

그래서 마지막 우리 앞에 깔리일 것은
山골 속 깔아논 멧방석만한
멧방석만한 山골 속 햇볕
멧방석만한 山골 속 햇볕

진리 노트에서 · 1

●　● 　　세상이라는 커다란 책에는 무수한 진리들이 적혀 있다. 단, 대개는 투명 잉크로 적혀 있어서 오직 '시련'이라는 안경으로만 그 글자를 읽을 수 있다.

　1. 언뜻 별것 아닌 것 같지만, 세상에 '편안함'만큼 큰 가치도 많지 않다. 인생의 가시밭길을 걸으며, 세상의 자갈밭을 구르며, 온갖 불편함을 겪어본 자는 그 큰 가치를 알고 있다.

　2. 사람들은 멀쩡한 표정으로 거리를 돌아다닌다. 하지만 보이지 않는 그들의 내면에는 무수한 상처들이, 크고 작은, 오래고 새로운, 시도 때도 없이 도지는 상처들이, 아픈 표정으로 웅크려 있다.

　3. 인생에는 항상 '그 다음'이라는 것이 있다. 적어도 죽음 이전까

지는. 사람이 좌절하지 말아야 할 까닭이 거기에 있다.

4. 자기를 보고 따뜻하게 웃어주는 사람이 지금 앞에 혹은 곁에 있다면 아직 인생에 희망이 있다. 자기를 보고 진심으로 웃고 있는 그 한 사람이 늙도록 자기 앞에 있다면 그 인생은 성공한 것이라고 말해도 좋다.

5. 자신의 아픔보다 그/그녀의 아픔이 더 아픈 경우가 있다. 바로 그것이 '사랑'의 가장 확실한 증좌가 된다.

6. 사랑이란 무엇인가? 그것은 그/그녀의 아픔을 나의 아픔보다 더 아파하는 그 마음이다. 그/그녀의 기쁨을 똑같은 크기로 함께 기뻐하는 그 마음이다.
사랑이란 무엇인가? 그것은 그/그녀의 표정이 곧 나의 날씨가 되어버리는 그 하늘이다.

7. 희망은 마치 봄날의 새싹과 같다. 한겨울의 언 땅을 뚫고 이윽고 새싹이 고개를 내밀듯, 깊은 절망 속에서도 희망은 자라나온다. 고로 희망의 씨앗이 완전히 얼어 죽지 않도록 마지막 체온으로 그것을 지켜야 한다.

8. 우리는 매일 하나씩의 밤을 맞이한다. 밤은 바위와 같다. 바위 뒤에 무엇이 숨어 있는지 우리는 알지 못한다. 밤 뒤에 어떤 내일이

숨어 있는지도 알지 못한다. 우리가 내일에 대한 희망과 불안을 버릴 수 없는 까닭이 거기에 있다.

9. 때로는 한마디의 말이 10년을 행복하게 해줄 수 있다. 때로는 한마디의 말이 10년을 불편하게 해줄 수도 있다. '말의 위력'을 가볍게 보는 자는 인간과 삶을 말할 자격이 없다.

10. 사람은 그때그때 가슴속에 한 송이 꽃을 가꾸며 살아간다. 그 꽃은 그때그때 종류도 다르고 향기도 다르다. 하지만 어떤 꽃도 아름답지 않은 것은 없다. 그중에서도 가장 아름다운 것은 '사람'이란 꽃이다.

11. 희망, 긍정, 인내… 그런 가치들은 이 험난한 세상살이, 인생살이를 헤쳐나가기 위한 '최소한의 비타민'이다. 그런 것들을 우리는 '사람들'로부터, '사랑'으로부터 섭취할 수 있다.

12. 살다가 '아픔'이 찾아오는 날이 있다. 그 아픔은 '지금' '나'의 눈으로 보면 더할 수 없는 고통이지만, '세상'의 눈, '세월'의 눈으로 보면, 너무나도 흔한 '그저 한 사건'에 지나지 않는다. 그렇게 생각하며 그 아픔을 피해갈 수 있는 사람은 현명하다.

13. 행복에 이르는 법 ― 현재에 만족하는 것. 현재에 만족하는 법 ― '지금보다 더 나쁠 수 있는 것'보다 지금이 항상 더 낫다는 것을

깨닫는 것.

14. 돈도 권력도 명예도 사랑도, 거기에 마음의 평온이 함께 있지 않다면 결국 난방이 없는 한겨울의 궁전처럼 무의미하다.

15. 시간의 지배에서 예외인 자가 없듯, 중력의 지배에서 예외인 자가 없듯, 또한 사랑과 미움에서 예외인 자도 없다.

16. 말과 눈빛과 표정은 곧 그 사람의 인격이다. 이 세 가지는 하루 이틀에 만들어지지 않는다. 그것은 오랜 세월에 걸쳐 숙성된 포도주처럼 결코 그 맛과 향을 속일 수 없다.

17. 세상은 바다와 같고 사람은 어부와 같다. 인생이란 그 바다에서 행복이라는 물고기를 낚는 일이다. 이러한 사실은 사람들이 집이라는 쪽배를 잃고 허우적거릴 때 절감하게 된다.

진리 노트에서 · 2

● ● "진리가 너희를 자유케 하리라." 무엇으로부터? 저 지독한 욕망과 고뇌로
부터. 불행으로부터.

18. 모든 아름다운 봄들은 반드시 꽃샘추위를 거쳐서 온다. 인생의
모든 행복들도 반드시 시련과 고난을 거쳐서 온다.

19. 뜨거운 여름 끝에는 반드시 선선한 가을이 있고 차가운 겨울 끝
에는 반드시 따뜻한 봄이 있다.

20. 사람이 살다가 곤경에 처하게 되면, 그때 비로소 친구와 적이
그 맨 얼굴을 드러낸다. 마음에서, 말에서, 행동에서 느껴지는 온도로
써 우리는 그 정체를 감지할 수 있다.

21. 사람과 사람 사이는 자로 잴 수 없다. 구만 리를 떨어져 있어도 바로 곁인 듯 가까운 사람이 있고, 바로 곁에 있지만 은하처럼 아득히 먼 사람도 있다.

22. 사람이 남에게 좋은 일을 하는 것은 어렵다. 하지만 좋은 일을 하고도 그것을 내세우지 않는 것은 더욱 어렵다. 생색은 자신을 높이기는커녕, 자기가 한 그 좋은 일을 스스로 지우는 지우개와 같다.

23. 인생살이에서 우리는 이따금 후회와 반성이라는 것을 하게 된다. 그러나 그 후회와 반성들은 대체로 한 걸음 늦게 찾아와 적절한 시점을 놓치고 우리의 가슴을 아프게 하는 습성이 있다.

24. 불행은 세상의 곳곳에 잠복하여 마치 게릴라처럼 삶의 평화를 공격한다. 인간의 삶이 불가피하게 전투적이 되는 까닭이 거기에 있다. 반드시 전우가 필요한 까닭도 거기에 있다.

25. 누군가와 슬픔을 함께하는 일은 어렵다. 누군가와 기쁨을 함께하는 일은 더욱 어렵다. 누군가의 슬픔과 기쁨이 진정으로 나의 슬픔과 기쁨이 된다면 그는 더 이상 남이 아니다.

26. 모든 기쁨에는 '유효기간'이 있다. 모든 슬픔에도 또한 유효기간이 있다. 슬픔보다 기쁨의 유효기간이 상대적으로 더 짧다. 분명한 것은, 기쁨도 슬픔도 오래가지 못하고 이윽고 지나간다는 것이다.

27. 세상의 인심은 항상 자기중심적이다. 받을 때는 마치 물처럼 받고 줄 때는 마치 피처럼 준다. 마음도 그렇고 물질도 그렇다. 가정과 세상의 차이가 거기에 있다.

28. 무신경한 말 한마디, 입 밖으로 나갈 때는 깃털처럼 가볍지만, 사람의 가슴에 떨어질 때는 바위처럼 무겁다.

29. 인생을 살아가는 사람에게는 세 개의 하늘이 있다. 첫째는 '신'이라고 불리는 높은 하늘, 둘째는 '창공'이라 불리는 넓은 하늘, 셋째는 '마음'이라 불리는 깊은 하늘이다. 이 세 하늘에는 모두 구름과 비가 있어서, 맑았다가 흐렸다가, 때로는 천둥 번개도 치며 불쌍한 우리 인간들을 힘들게 한다.

30. 미꾸라지 한 마리가 물을 흐리게 하기는 쉽다. 반면, 나무 한 그루가 공기를 맑게 하기는 정말 어렵다.

31. 산다는 것은 가시덤불을 지나가는 것과 같다. 반드시 상처가 남게 된다. 그 상처에 대처하는 법을 배우면서 사람은 조금씩 어른이 되어간다.

32. 주꾸미는 다 커도 문어가 되지는 않는다. 고릴라는 100년이 지나도 인간이 되지는 않는다. 탱자는 아무리 기다려도 오렌지가 되지는 않는다.

33. 그대가 무엇을 진정으로 '좋아하는지'를 말해보라. 그러면 그대가 어떤 종류의 사람인지를 어느 정도 알 수가 있다. 그리고 그대가 무엇을 정말로 '싫어하는지'를 말해보라. 그러면 그대가 어떤 부류의 사람인지를 가장 확실하게 알 수가 있다.

34. 인간이 무언가를 '바라는 존재'인 한, 걱정과 고뇌, 실패와 좌절은 그림자처럼 따라다닌다. 걱정과 실패 없는 성취는 마치 구름 없는 비처럼 불가능하다.

이수정(李洙正)

일본 도쿄대(東京大) 대학원 인문과학연구과 철학전문과정 수료(문학박사).
한국하이데거학회 회장, 한국철학회·철학연구회·한국해석학회 이사, 창원대
인문과학연구소 소장·인문대학 학장·인문최고아카데미 원장, 일본 도쿄대·독일
하이델베르크대·프라이부르크대·미국 하버드대 방문교수, 일본 규슈대(九州大)
강사 등을 역임.
월간『순수문학』으로 등단(시인).
현재 창원대 철학과 교수로 재직.

저서로는『하이데거 — 그의 생애와 사상』(공저, 서울대출판부),『여신 미네르바의
진리파일 — 시로 쓴 철학사』(철학과현실사),『편지로 쓴 철학사』(아테네),『하이데거
— 그의 물음들을 묻는다』(생각의 나무),『본연의 현상학』(생각의 나무),『인생론
카페』(철학과현실사)가 있고, 시집으로『향기의 인연』(생각의 나무),『푸른 시간들』
(철학과현실사)이 있으며, 번역서로『현상학의 흐름』(이문출판사),『해석학의 흐름』
(이문출판사),『근대성의 구조』(민음사),『일본근대철학사』(생각의 나무),『레비나스
와 사랑의 현상학』(갈라파고스)이 있다.

메일 sjlee@changwon.ac.kr

진리 갤러리

1판 1쇄 인쇄	2014년 2월 5일
1판 1쇄 발행	2014년 2월 10일

지은이	이 수 정
발행인	전 춘 호
발행처	철학과현실사

등록번호	제1-583호
등록일자	1987년 12월 15일
	서울특별시 종로구 동숭동 1-45
	전화번호 579-5908
	팩시밀리 572-2830

ISBN 978-89-7775-773-8 03800
값 12,000원